著者 今井雅子

嘘八百 京町ロワイヤル

PARCO出版

芸術とは、数ある嘘のなかで最も美しい嘘のことである。

——クロード・ドビュッシー

目次

一　鰌《どじょう》

道具屋の娘　大原いまり

「あなたのお宝見せてぇな〜♪」

テレビ番組のタイトルに勝手なメロディをつけて、あの人が薄い壁を隔てた奥の間で歌っている。

頼むから音量下げて。お客さんに丸聞こえだから。

大原いまりは、タロットカードを並べながら不満と不安を募らせる。

あの人が浮かれているときは、ろくなことがない。目の前の若い女性の恋の行方よりも、あの人の五分後の運勢を占いたい衝動に駆られる。

あの人を「お父さん」と呼んでいた頃、いまりは「おかしやさんか、むかしやさんになる」と言っていたらしい。

母と三人で暮らしていた横浜の家の一階が、あの人の古道具屋だった。あの人が商売でしくじり、その家で暮らせなくなって、いまりは母親に引き取られ、川崎に移り住んだ。

月に一度、父娘二人で過ごす「お父さんの日」が、半年に一度になり、年に一度になり、会わない時間が長くなるにつれ、「お父さん」と呼ぶのがぎこちなくなった。いつの間にか母が「あの人」と呼ぶのがうつった。

疎遠になる一方だった父と、なぜかひとつ屋根の下で暮らすようになって、半年経つ。それでも、あの人は、あの人のままで、今さらお父さんとは呼べない。

二十年かけてのびた距離は、簡単には縮まらない。

西に暮らしたことがないのに京都を選んだのは、占いの導きだ。一人で移り住むつもりだったのに、あの人が勝手について来た。あの人がいつも聞いているラジオの星占いが「京都に行けばいいことがある」と告げたらしい。いい加減なこと言わないで欲しい。ほんといい迷惑。

京都市北区の新大宮商店街。昔ながらの銭湯もあり庶民的な雰囲気が漂う一角に建つ築五十年の町家を借りて、小さな店を持った。

物件を決めたのも、あの人だ。

「利休ゆかりの大徳寺《だいとくじ》から歩ける距離にあるってのがいいよな」

それが決め手らしい。千利休《せんのりきゅう》に一方的に親しみを感じて験を担いでいる。利休と秀吉の溝を深めるきっかけになった三門も大徳寺にある。利休がお金を出して増築した門の二階に、寺がお礼の気持ちで利休の木像を置いたら、「門をくぐる貴人たちの頭を踏みつけるとは無礼な！」と秀吉の怒りを買い、利休が切腹に追い込まれたという説が有力。だけど、都合の悪いことはあの人の目に入らない。

ほんとおめでたい性格。大徳寺になじみのある歴史上の人物なら、千利休よりも一休和尚《おしょう》のとんちに学んで欲しい。

店の名前「鶯占堂《うぐいすうらないどう》」は、いまりがタロット占いで決めた。春を告げる鳥、鶯。店の前には梅の木の鉢植えを置いた。鶯が鳴く頃には、蕾が開くはず。

京都の町家は間口が狭く、奥に長い。鰻の寝床というやつ。入口から「鶯占堂」を抜けた奥の間が、あの人の店「古美術　獺《かわうそ》」だ。

これからテレビの取材が来る。いまりの店ではなく、あの人の店に。

家賃をいまりに出させているくせに、あの人は勝手にテレビ出演を決めた。

「高校のときの同級生が番組のプロデューサーでさ、久しぶりに連絡くれたんだよ。断ったら悪いじゃないか」

焼肉食べ放題のカルビを食べ盛りの高校生みたいに頬張りながら、あの人は言った。

断れないから引き受ける。お人好しというか、情に流されやすいというか。そういうとこがダメなんじゃないのと呆れた。

テレビに出たって、やっかまれるだけ。とくに京都は新参者に厳しい。出しゃばらないのが身のためだ。

しかも、同級生のプロデューサーというのが、かなり胡散臭い。あごにマスクをかけた見た目も、いかにも業界人風の話し方もチャラい。あの人のことを「センセ」なんて呼んで、持ち上げてるようで完全にバカにしてる。

こういう人が作っている番組を信用してしまうのが、あの人の浅はかなところだ。

油断大敵。

何度も痛い目に遭ってるんだから、いい加減学習してよね。

「いいだろ？　いまりの店の宣伝にもなるじゃないか」

「うちは間に合ってるし」

焼肉を食べるお金はあるけど、食べに行く時間がないくらいに鶯占堂は流行っている。

客の一人が「怖いくらい当たる」とインスタに上げたのがバズって以来、行列が日に日にのびて、隣の店から「うちの店の前がにぎやかになって」とイヤミを言われている。

そのうち終わるブームだと思っているけど、今のところはこれ以上行列が長くなっては困る。

ほんと、テレビなんて、やめて欲しいんだけど。

「やめたほうがいいでしょうか」

占い客の女性は、結婚をためらっている。

「以前おつき合いされていた方に未練があるようですが……」

過去の人を指し示すカードを読んで告げると、

「なんでわかるんですか」と彼女は目を見開いた。

そのとき、店の外にのびた行列から若い女性たちのどよめきが起こった。

「え？　王子ちゃう？」

「ほんまや、王子や！」

テレビクルーが到着したらしい。

人気急上昇中の「陶芸王子」とかいうアイドル顔の陶芸家がレポーターを務めている突撃番組。あとの二人の共演者は、おじさんとおじいちゃん。京都嵐山堂《あらしやまどう》の昔遊んでた風の濃い顔立ちの社長と、ニコニコしてるけど目が闇な鑑定家。

カードをもう一枚めくると、「審判」のカードが逆立ちしていた。覚醒や復活を意味するカード。正位置だと、「運命的な相手に出会う」「よりをもどす」。逆位置だと、「過去に足を引っ張られる」「裏切られる」……。

過去の報い、裏切り……。あの人に心当たりがありすぎる。

「そんなに悪いカードが出てるんですか」

客の不安そうな声で、現実に戻った。

そうだ。この不吉なカードは、あの人の運勢じゃない。恋人との未来が見えない目の前の女性の結婚運だ。わかっている。わかっているけど……。

天国へ行くか、地獄へ堕ちるか、あの人に審判が下されようとしているように思えてならない。その結果は、これまでのあの人の行い次第。

だとしたら……。

悪い予感しかしない。

茶碗焼きの妻　野田康子

「大商いや。さっきの大将一人で、売り上げ三日分行くんちゃう？」

階段を早足で下りながら、野田康子は脳内を実況している。あんたは思ったことがそのまま顔に出ると子どもの頃から言われていたが、年を重ねて、口にも出るようになった。

「千日前線で難波まで十分やろ。そっから南海線に乗り換えて、北野田まで三十分は見とかんと」

パートに間に合うかどうか頭の中で計算をして、それもまた口に出る。

「あー忙し忙し。堺でやってくれたらええのに。けど、うちの人にまかせといても、売れへんし」

康子は、夫の野田佐輔が作陶展を開いている大阪市内のギャラリーに来ている。

　ええ場所を格安で借りられたと佐輔は喜んでいたが、一階は商売よりおしゃべりに夢中な近所のおばちゃんらの手作りが並ぶワゴンセール会場で、階段を上がったその二階。トイレを探しに来た一階の客が迷い込むほかは、めったに客が来ない。

　たまにふらっと姿を見せた客をガッチリつかまえなくては商売にならないのだが、佐輔は遠巻きに客を眺めるばかりで、自分から声をかけようとしない。

「なに他人事みたいに突っ立ってんの！　作者のあんたが売り込まんで、どうすんの！」

　康子が背中をどんと押すと、佐輔は弾みで数歩前に出て、おずおずと客に話しかける。その声がまた小さい。

「もっと自信持って話さんと、作品がしょぼう見えてまうやん。ほんま、腕は立つのに、口は立たんねやから」

　さっきギャラリーに現れた客は、久々に筋のいい客だった。割烹料理屋を来月オープンするという大将。たまたま建物の前を通りかかったときに、作陶展のチラシを貼った立て看板が目に留まったという。

ここは私がスッポンにならなあかんと康子は食いついた。

「大将、ええとこに来はりましたわ。野田佐輔の新作、こんだけ数がそろってることと、めったにないんです。いっつも、すぐ売り切れてしまいますから」

会期三日目だというのにほとんど売れ残っているのを逆手に取って、売り込んだ。

「器がそろってると、まとまりが出ますよー。知る人ぞ知る野田佐輔の器でそろえたってください！　もちろん、おまとめ割引させてもらいます！　今だけ、ここだけ、大将だけ！　ここで決めはらな、明日来てもろても売れてしもてます！」

パート先の肉屋の七時閉店間際のタイムセールのノリ。勤続二十五年で鍛えた接客トークで舌がよく回る。片口が五つ、お猪口と小鉢と平皿と湯呑みが二十ずつの大口注文がまとまった。

「やっぱし、私がおらなあかんわ」

一階のワゴンセール会場を抜け、奥の事務室に鞄を取りに立ち寄ると、つけっぱなしのテレビから「あなたのお宝見せてぇな！」とかけ声がした。

「こちらです」と応じた男の声に振り返ると、見覚えのある顔がテレビに映っていた。

聞いたことある声やと思たら、カワウソさんやん。

「古美術　獺《かわうそ》」の小池則夫が京都に店を構えたことは、佐輔から聞いていた。古美術にまじって佐輔の作品も置いてくれているが、とっくの昔に納品したものがまだ売れ残っている。もう少し頑張って売ってもらわなと思っていたところだ。

カワウソさん、うちの人の茶碗持ってるやん。あれがお宝いうこと？

「野田佐輔という現代作家の作品でして」

なんや水臭いやん。子どもらに結婚式まで挙げさせた、うちらとあんたの仲やないの。テレビでうちの人売り込むて言うといてくれたら、録画してきたのに。

「古美術とちゃいますのん？」

最近よくテレビに出るようになった鑑定家のなんとかいうおじいちゃんが突

っ込む。自分が骨董やからいうて、古いもんにしか興味がないらしい。

このおじいちゃん、名前、何やっけ。お金が儲かりそうな、億万長者みたいな名前。億、億……億野万蔵や。本名やろか。

その億野万蔵に、テレビの中で小池則夫が神妙な顔で語っている。

「未来の古美術になる可能性を秘めているといいますか、これから百年、二百年残る器……野田佐輔はそういう器を焼く逸材です」

あいかわらず調子ええこと言うて。せや、うちの人に教えたらんと！

ワゴンセールの人波を抜け、階段をドタドタ駆け上がる。

「ちょっと！　あんたの茶碗がテレビ出てる！」

佐輔を呼びに行くと、割烹屋の大将も下までついて来た。

テレビにはまだ佐輔の器を持った小池則夫が映っている。画面右上に「ＬＩＶＥ」のテロップ。生放送らしい。

「これ、この人の茶碗なんです！　すごいやんあんた、全国放送やで！　大将、店で自慢したってください！」

「テレビ出るて聞いてへんで」とぼやきつつ、佐輔の顔もにやけている。

「億野先生、いかがでしょう？」

テレビの中で進行役の若い男の子が聞く。大阪のおばちゃんらにも人気の、なんとか王子。茶碗王子やったかいな。ちゃうわ、陶芸王子や。

「うむ……」

億野万蔵が唸る。

もったいぶってんと、はよ言い！　私もパート行かんならんねやから！

「先生、器の声が聞こえませんか」

小池則夫が言うと、億野万蔵が茶碗に耳を近づけ、ぼそっとつぶやいた。

「五千円」

おいっ。

「五千円は、いくらなんでも……」

テレビの前の佐輔と、テレビの中の小池則夫の言葉が重なった。

億野万蔵は、値段へのイチャモンには応じず、

「これは珍しい。緑の楽茶碗《らくちゃわん》」

と棚の隅に置いてあった茶碗を手に取った。

あれ知ってる。緑楽《みどりらく》やん。うちの人がカワウソさんにけしかけられて焼いた、幻の利休の茶碗。その補欠、オークションに出さんかったやつや。せや、うちの人、あの茶碗焼いてから、調子良うなったんや。どん底蹴ったいうか、茶碗に力が戻ったんや。相変わらず、売れてへんけど。

「緑楽ですかぁ」

テレビの中で、嵐山堂のちょい悪オヤジ風の色男社長が茶碗をのぞき込む。

二日酔いなんか、朝ご飯食べてないんか、声に力が入ってへん。

「これはええ佇まいですわあ」

陶芸王子、あんた、なかなか見る目あるやん。

億野万蔵はまた「うむ……」と唸っている。

なんやのこの人、唸ってばっかりやん。もう、うちパート遅れてまうで。

「翡翠楽《ひすいらく》茶碗、銘『大海原』です」

テレビの中で小池則夫が茶碗を紹介する。

せや。利休さんの時代、「緑楽」とは言わんかった。緑いう色は、青て呼んでた。赤釉《あかぐすり》で焼いた楽茶碗は「赤楽《あからく》」。ほな青釉《あおぐすり》で焼いた楽茶碗は「青楽《あおらく》」てなるとこやけど、「翡翠楽」て呼んだほうがよそ行きな感じになる。

「大海原？　どっかで聞いたことあるな」と色男社長。

「そない言うたら……ああ、幻の利休の茶碗」と億野万蔵。

「それですわ。堺の樋渡《ひわたり》開花堂いう道具屋が、利休の茶碗やいうて、一億でつかまされて、店傾いた……」

なぜかうれしそうに嵐山堂の社長が言う。

あれ？　ひょっとして、これテレビで言うたら、まずいんとちゃう？

「いえ……あれは、利休が野田佐輔に焼かせた茶碗に、樋渡開花堂さんが一億の値をつけたんです」

ほら。カワウソさんがしどろもどろになってはる。

「大海原やのうて、大嘘ボラ」

さっきまで唸っていた億野万蔵が、急に切れ味を見せて、バッサリ斬った。

「センセ、うまいこと言わはる。これ、ニセモンをまたこしらえて、柳の下の二匹目のドジョウを狙てますんか？　鰻の寝床で」

鰻の寝床でドジョウて、嵐山堂の社長、めっちゃイヤミやん。確かにあの人の商売、泥臭いけど。

「いえ、これはニセモノではなく、野田佐輔の本物です」

「つまりはニセモノ」

「億野先生の鑑定は間違いおへん。京都嵐山堂は本物しか相手にしまへんのや」

まずいでまずいで。カワウソさん、やられっぱなしやん。ちょっと、陶芸王子、何とかして！

「お話はまだまだ尽きませんが、本日は京都の古美術ドジョウ、やなくて、古美術カワウソさんにお宝、見せていただきました！　ではまた来週！」

爽やかなスマイルで締めてくれたんはええけど、王子までドジョウて言わんかて。

「うっとこの看板料理、ドジョウなんですわ」

割烹屋の大将がテレビの前から立ち去る。二階のギャラリーには戻らず、そのまま建物を出て行く。

「大将！　さっきのご注文は？　ちょっとあんた！　追いかけんと！」

うちの人は魂が抜けたみたいに、よう動かん。
せっかくドジョウ、やのうて、お客さんつかまえたのに、もう。

夜の女　サユリ

ベッドから起き出して、テレビをつけると、六時間前まで隣で酒を飲んでいた男の顔があった。「サユリ」と耳元で囁いた声で「あなたのお宝見せてぇな」と番組タイトルを言い、サユリの背中に何度も伸ばした手で茶碗を触る。興味なさそうに。

老舗古美術店「京都嵐山堂」の二代目社長、嵐山直矢。

サユリが勤める祇園の高級クラブ「社長室」のＶＩＰ客。サユリが店のナンバーワンでいられるのは、嵐山と彼が連れて来る客のおかげ。客が出演するテレビを見るのも仕事のうちだ。

サユリと名乗るようになって、三か月になる。

「サユリっちゅう顔してるから、サユリでええな?」

面接を受けたとき、店長がその場で源氏名をつけ、その日から店に出た。何度も呼ばれているうちに、真新しい靴が足になじむように、取ってつけたような名前がしっくり来るようになった。

ずっと前から、この名前で生きているような気がする。

久しぶりに帰って来たこの町にも、ずっと住んでいたような。

だが、店では、サユリは東京生まれの東京育ちということになっている。

「僕はな、美しいもんが好きなんや」

嵐山がサユリに求めているのは、洗練された都会のセンスだ。

テレビの中の嵐山が時折ネクタイに手をやる。サユリが選んでくれたのん、よう似合《にお》てるやろと合図を送っているように見える。

嵐山の隣には、億野万蔵がいる。嵐山がよく店に連れて来るお抱え鑑定家。

嵐山を立てているように見えて、腹の底では軽蔑している。多分。

億野が何か言うと、さすが先生と嵐山が持ち上げる。お決まりの流れ。打ち合わせ通りのお宝を見せられ、用意されたリアクションをする。それだけの番組。すべて台本に書かれてあると思うと、白ける。

それが毎週繰り返される。出演している本人たちも、飽き飽きしているのかもしれない。そのせいか、嵐山と億野は、時々突撃先の素人いじりをする。

今日の道具屋も餌食になった。

出されたお宝が、古美術ではなく現代作家ものの茶碗だった。野田なんとかという聞いたことのない名前。億野万蔵は鑑定する気もないらしく、「五千円」と投げやりな値をつけると、手切れ金は払ったとでもいうように、狭い店内に目を移し、別な茶碗を手に取った。

緑の楽茶碗。「翡翠楽」と道具屋が紹介した。

すると、それが幻の利休の茶碗のニセモノにそっくりだと億野が言い出し、その茶碗を堺の道具屋がつかまされて店が傾いたと嵐山が思い出し、生放送で暴露した。

ハプニングのように見せかけて、追い込み方がやけにスムーズ。セリフが用意されていたかのように。嵐山と億野は、ニセモノの利休の茶碗の存在を知っていて、この流れをあらかじめ打ち合わせしていたのかもしれない。

あの二人ならやりかねない。

進行役の若い男の子は何も知らされてなかった様子で、雰囲気にのまれて、たじたじとなっている。可愛いから許す。アイドルみたいなルックスなのに、素人っぽい初々しさがある。若い子ではなく中高年のおばちゃん世代にウケているのもわかる。

進行役の男の子には、「陶芸王子」という愛称がついている。

利休の茶碗のニセモノには、「大海原」という名前がついているらしい。

「あれは、利休が野田佐輔に焼かせた茶碗に、樋渡開花堂さんが一億の値をつけたんです」

道具屋がしどろもどろに説明する。利休の茶碗だと嘘をついたのではなく、利休へのリスペクトで現代作家が焼いた茶碗に法外な値段をつけたバカがいたのだと。

「大海原やのうて、大嘘ボラ」

ウケ狙いの顔で億野万蔵が言うと、

「うまいこと言わはる」

嵐山が調子良く乗っかり、ここぞとばかりに道具屋をからかった。

「これ、ニセモンをまたこしらえて、柳の下の二匹目のドジョウを狙てますんか？」

泥臭いギャグをかまして、どや顔をカメラに向ける。

「よう言うわ。あんたらドジョウ何匹つかまえてるん？」

サユリはテレビに向かって毒づく。煙草を吸っていたら、煙を吹きかけてやるところだ。

嵐山が耳元で囁いた、国立古美術修復センターの裏の顔。国から業務委託を受けている嵐山堂は、古美術の修復にあたる一方で、その美術品に似せた写しを作り、本物として売りさばいている。組織ぐるみの贋物製造販売。国会議員や文化庁の後ろ盾でやりたい放題。

このネタは金になる。でも、金に換えるのは、もう少し計画を練ってから。少なくとも、サユリ一人では手に負えない。誰か協力者が要《い》る。

腕はいいけどマヌケな、都合のいい協力者。たとえば……。

不意に背後から手が伸びて、抱きつかれた。

「おはよう」

晴人《はるひと》の甘い声とにおい。髪に顔を埋めてくる。

「タバコくさくない？」

「うん。帰って来て、そのまま寝たやろ」

「バレた？」

いつもの会話。土曜の朝は晴人とゆっくり話せる。

「シャワー浴びて来たら？」

「そうする」

晴人の手をそっとほどいて、立ち上がる。

彼のことは、店には言っていない。こんな若い男の子と暮らしているなんて知られたら、客商売にさわる。

二

狸《たぬき》

道具屋　小池則夫

昨日まで「鶯《うぐいす》占堂」の表にのびていた行列が消えている。番組のとばっちりで、「古美術　獺《かわうそ》」ばかりか、いまりの占い屋までインチキの汚名を着せられてしまったのか……。

表を箒で掃きながら、小池則夫は鉢植えの梅を手入れしている娘を見る。

そうだよな。占いだって信用商売だものな。

まあいい。親子水入らずで掃除がはかどる。こんな時間が、たまにはあってもいいじゃないか。

「よくそんな呑気でいられるよね。お母さんがイヤになったのもわかる」

梅の枯れ枝をハサミで切り落としながら、いまりがイヤミを言う。

則夫が商売でしくじり、自宅を兼ねていた横浜の店舗を手放し、妻と娘と暮らせなくなったとき、いまりはまだ四歳だった。その頃の両親のぎくしゃくした空気を覚えているのか、後から母親に父親の悪口を吹き込まれたのか。

店舗を失って以来、町から町へと流すハイエースが則夫の店になった。車の後ろのスモーク窓に白抜きで「古美術　獺」の屋号と「全国どこでも出張買い取り」の宣伝文句とフリーダイヤルを入れた。

西の市《いち》で仕入れたものを東の市で売る。地方の蔵を飛び込みで見せてもらい、売り物になりそうなものを仕入れ、市で売る。ハイエースは倉庫にも寝床にもなった。

失った暮らしを取り戻すことはもうないと思っていたが、再び店を構え、娘と暮らしている。娘のすねをかじる居候の身ではあるが。

二十年ぶりに「移動しない店」に落ち着いて、生活が変わった。時間が来たら店を開け、時間が来たら店を閉める。徹夜した後に丸一日寝るということがなくなり、一日一日の区切りがはっきりするようになった。

店が傾いたら、また昔に戻るだけだ。

自分はいい。だが、娘が巻き込まれるのは、しのびない。

「だから、テレビなんて、やめとけって言ったのに」

枝切りハサミを動かしながら、いまりが口を尖らせる。

「占いがそう言ってたのか？」

「誰だってそう言うよ」

いまりがパチンと枯れ枝を切り落とした。

テレビ出演の話は、高校時代の同級生の青山から持ち込まれた。番組プロデューサーを名乗る男から店に電話があり、番組のスポンサーで出演もしている京都嵐山堂の社長直々の指名で「古美術　獺」を取材したいと持ちかけられた。ビジネスライクに話を進めている途中で、

「え？　もしかして則夫？」

電話の相手が驚いた声を上げた。そうですけどと答えると、

「俺だよ俺、青山。赤点の青山だよー」と急に気安くなった。

高校三年のとき同じクラスだったお調子者の青山一郎。「名前は青山だけど、また赤点」とテストが返されるたびにクラスを湧かせていた。

テレビ業界で鳴らしていると噂に聞いていたが、則夫のいる古美術の世界と

関わり合うことはないと思っていた。まさか番組で絡む日が来るとは。

道具屋がテレビに出ても、尻が軽い店だと同業者から見下されるのがオチだ。嵐山堂が「テレビでは有名な」と陰で言われているのを見ればわかる。

だが、則夫には、野田佐輔を売り込んでやろうという目論見《もくろみ》があった。

嵐山堂がなぜ則夫の店に興味を持ったのかはわからなかったが、タダで宣伝させてもらえるならラッキーという気持ちだった。

昨日の生収録本番、事前に青山と打ち合わせした佐輔の新作を見せたが、古美術ではないのかと鑑定家の億野万蔵に難癖をつけられ、五千円の値をつけられた挙げ句、どこから引っ張り出したのか、翡翠楽茶碗がいきなりテレビカメラの前に出された。

堺のオークションにかけた「大海原」の補欠。

野田佐輔が焼いたものではあるが、テレビに出すと、藪をつつくことになる。

案の定、蛇が出た。

これと同じものを幻の利休の茶碗だと偽られて樋渡開花堂が一億円でつかま

されたと暴露された上に、二匹目のドジョウを狙っているのかと咎められた。全国放送で詐欺の常習犯のレッテルを貼られたようなものだ。

あの銅鑼息子め……。

京都嵐山堂の若主人、嵐山直矢。

先代は大した目利きで、道具屋連中の評判も良かった。当時関東にいた則夫も、名前は耳にしていた。だが、古美術に興味も敬意もない放蕩息子が店を継いでからは、ロクな商売をしていない。

代替わりして二十年ほど経つはずだ。商いはどんどん大きくなるが、悪い噂しか聞かない。鑑定家の億野万蔵と組んで、懐《ふところ》を肥やし合っているらしい。

どんな商売をしているかは想像がつく。お抱え鑑定家のお墨付きで、二束三文の品を高値でつかませているのだろう。欲に目のくらんだ連中に。

堺の古狸と古狐コンビ、樋渡開花堂の社長の樋渡と鑑定家の棚橋清一郎がやっていた手口だ。則夫もその手に引っかかった。

本阿弥光悦《ほんあみこうえつ》の赤筒茶碗《あかづぢちゃわん》をつかまされ、店が飛んだ。

その「光悦」を焼いたのが、野田佐輔だった。

古狸と古狐に丸め込まれた挙げ句に捨てられた、樋渡開花堂のお抱え贋作師。何の因果か堺で出会った。佐輔は、かつて則夫を惑わせた腕をくすぶらせていた。その腕に火をつけ、幻の利休の茶碗を焼かせ、古狸と古狐に一矢報いたというわけだ。

道具屋が素人を騙すのは詐欺だが、道具屋が道具屋を騙すのは駆け引きだ。しかも、則夫は騙してはいない。相手が勝手に一億の値をつけたのだ。棚橋の目が一億の茶碗だと断じ、文化庁が重要文化財《じゅうぶん》に指定して手出しできなくなる前にと焦った樋渡が財布の紐を緩めた。

名工長次郎《ちょうじろう》に匹敵する茶碗を野田佐輔が焼いた。それだけのことだ。

「あの……すみません」

品のある女性の声がして我に返り、則夫は漫然と箒を動かしていた手を止めた。顔を上げると、声から想像した以上の美しい人が立っていた。

ひと足早い春を連れて来たような薄淡い桃色の着物に同系色の短い丈の道行《みちゆき》を羽織っている。窓のように四角く開いた道行襟からのぞく襟合わせもきれいに決まっている。

朝の光が照り映える着物美人に、しばし見とれた。

「占いですか？」

当然というようにいまりが言い、店の中へ行きかけると、

「いえ、お茶碗を」

「お茶碗ですか！　どうぞこちらへ！」

則夫はいまりに箒を預け、浮き足立って着物美人を店内へ案内した。

彼女が店に立つと、棚の茶碗が二割増に引き立って見えた。

「あの……どういったものをお探しでしょうか」

「こういったお茶碗なんかは……？」

着物美人は、手に提げた小さなバッグから袱紗《ふくさ》を取り出し、中に包んだ古びた写真を差し出した。

失礼しますと写真を受け取り、眼鏡をかけ、見る。

銀繕《ぎんづくろ》いをした織部黒茶碗《おりべぐろちゃわん》と織部の箱書きのある箱が写っていた。

「この窯印《かまじるし》は……！」

興奮が口に出た。

「高台《こうだい》に桃山時代の織部焼の陶工の窯印があります！」

「こうだい？」

「お茶碗のこの部分、足になっているところを、高い台と書いて『高台』というんです」

写真の茶碗の高台部分を指し示しながら、噛み砕いて説明する。

「この窯印は、織部の茶碗のトレードマークのようなものです。高台際《こうだいぎわ》に織部の花押《かおう》も漆《うるし》で描かれています」

「かおう……？」

「花に押すと書きます。花押というのは日本式のサインです」

着物美人よりも、今は写真から目が離せない。箱書きも、これまで見てきた織部の筆跡と比べて、違和感がない。

ということは、本物の安土桃山時代の織部の茶碗なのか……。

「この写真、どちらで？」

「え？」

「もしかしたら、重要文化財級の値打ちのあるお茶碗かもしれないいんです。この銀繕い……。ひょっとして、『はたかけ』？」

「はたかけ？」

「古田織部《ふるたおりべ》が本阿弥光悦《ほんあみこうえつ》に贈ったとされる安土桃山時代の茶碗です」

「ふるたおりべ？」

初めて聞いた名前のように、着物美人がたどたどしく聞き返す。

織部を知らないとなると、「織部の茶碗」と言われても、ピンと来ていないかもしれない。

「織部は織物の織に語り部の部と書きます。豊臣秀吉の元で千利休の茶の湯を受け継いだ武将茶人です。織部の茶碗といいましても、古田織部本人が焼いたのではなく、織部ブランドのようなものです。織部は陶工集団を抱えた企画製作プロデューサーといったところでしょうか。本阿弥光悦は、陶芸をはじめ書や蒔絵《まきえ》でも才能と個性を発揮した、今でいうマルチアーティスト。その光悦に茶の湯の手ほどきをしたのが織部でした」

説明しつつ、奥にすっ飛んで資料を探す。棚から引き出した目録をあわただしくめくり、「はたかけ」の紹介ページを探しながら説明を続けた。

「銘の『はたかけ』というのは、この茶碗の愛称のようなものです。はたというのは端《はし》のことでして、茶碗の端《はた》が欠けたところを銀繕いしたのが味になっています。端が欠けているから、はたかけ、なんです。織部は、『ひょうきんなもの』を意味する『へうげ《ひょ》もの』と呼ばれる個性的で味のある茶器を好んで用いました。慶長六年、一六〇一年の茶会で織部が用いた茶碗は、『やきそこなひ《い》』と記録されています」

息継ぐ間もなくまくし立てると、

「お詳しいんですね」

「これが商売ですから」

着物美人の微笑みに誘われ、則夫の頬も緩んだ。

「すみません。つい興奮してしまい……。この『はたかけ』、戦前の売立目録《うりたてもくろく》には載っていますが、その後の所在が不明になっていまして、おそらく個人の元で愛蔵されているのではと……」

「父の……形見だったんです」

「え？　これがお宅に？」

「はい。ですが……認知症の進んだ母が一人で留守番しているところに訪ねて来た道具屋さんに……」

「いるんです、いるんです！　素人さんにつけ込むタチの悪い連中が」

則夫の脳裏に、「はたかけ」を手にして蔵から出て来る人相の悪い道具屋と、着物美人に面影の重なる年老いた母親が思い浮かんだ。

「おばあちゃん、ここ、ヒビが入ってしもてます。お預かりして、修理しましょうね」

悪徳道具屋が茶碗の銀継ぎを指でなぞりながら言うのが、目に見えるようだ。まんまとせしめたお宝を、今頃闇ルートに流しているのだろうか。

「警察に届け出はしたんですが、手がかりがなさすぎて……」

着物美人が目を伏せる。長いまつ毛に縁取られた目に憂いが宿る。

「織部の茶碗と言われても、わたしには、よくわかりません。ただ、亡くなった父がとても気に入っていたお茶碗だったので……」

こんな敷居の低い道具屋に、よそ行きの道行を着て訪ねて来るのは仰々しい印象があったが、父親の形見の茶碗を取り戻したいという決意の表れだったのか……。なんとけなげなお嬢さんなのかといじらしくなる。

着物美人の話に引き込まれる則夫の目の端で、いまりが戸口から手を振っているのが見えた。口をパクパクさせて、何かを訴えている。

ちょっと待てよ。今大事な話をしているんだから。

「母は時々、シャンとすることがあって……そのときに、お茶碗がないって気づいたら、どんなに悲しむか……」

「わかりました。他の店では手に負えないかもしれませんが、ちょっと心当たりを当たってみます」

騙し取られた茶碗の在処《ありか》を突き止め、取り返すのは並大抵ではないだろう。しかし、この茶碗と同じものを作れる手を則夫は知っている。

「本当ですか!?　ありがとうございます。でも、満足なお礼はできないかと……」

「お代は、お気持ちで結構です。心ない商いをする同業者に代わって、私に面倒見させてください」

いまりが戸口から両手を広げたり閉じたりして、何かを訴える。大丈夫だと言うように則夫が指でオッケーを作ると、いまりは大げさに肩をすくめた。

「こちらにご連絡先を」

着物美人にメモ用紙とペンを差し出すと、想像した通りの達筆で名前と携帯電話の番号を書き込んだ。

橘志野。

志野焼の志野だろうか。

織部の故郷、美濃で安土桃山時代に始まった白い焼きもの。「はたかけ」を所持していたという父親は、織部に相当思い入れがあったのかもしれない。

道具屋の娘　大原いまり

悪い予感が現実になりつつある。あの人が浮かれているときは、ほんと、ろくなことがない。

テレビでインチキ呼ばわりされたばかりの「古美術　獺《かわうそ》」を訪ねて来た橘志野とかいう一見《いちげん》の客に相談されて、あの人はすっかり情にほだされ、お金にならない依頼を引き受けた。

いい着物を着て、あっちのほうが、よっぽど羽振り良さそうなんだけど。

あの人よりずっと年下だと思われる彼女の生年月日は、わからない。だから、不釣り合いな二人の相性ではなく、あの人の運勢を占ってみると、「女帝」のカードが逆さになって出た。

女性的な豊かさ、愛情深さを表すカード。正位置なら「愛と信頼が続く」

「夢が実る」と手堅いけれど、逆位置になるとひっくり返る。「努力が報われない」「嫉妬に駆られる」「浪費」「空振り」。どれも不吉なうえに、今のあの人に心当たりがある。なおさら不吉。

もう一枚めくると、「悪魔」のカードが出た。

破滅と墜落のカード。「偽りの恋」「欲をかいて裏切られる」「甘い話を信じて罠に落ちる」「借金を背負う」……。

「詐欺に遭うって出てるんだけど。騙されてるんじゃないの？」

カードを指し示して警告すると、あの人は涼しい顔して言った。

「そうだよ。志野さんのお母さんが詐欺に遭ったんだ。悪いヤツに騙されたんだよ」

浮かれているあの人に、何を言ってもムダだ。

橘志野という人は、どことなく母に似ていた。顔立ちや雰囲気というより、ふわふわとして、とらえどころのない感じが。

「いまりって風船みたいね。手を離したら、すぐどっか行っちゃう」

そう言う母こそ、風船のような人なのだった。

あの人と三人で暮らしていた頃から、母はよく家を空けた。
「どこ行くの？」といまりが声をかけると、「人に会うの」と母は答えた。

その人は、その時々で変わる恋人だったのだろう。相手が変わると、すぐにわかった。母のまとう香りが変わるから。

あの人と暮らしを分けた後、母は、香水を吹きつけて誰かに会いに行くたび、いまりをピアノ教室に預けた。

ピアノでも習字でもなんでも良かったのだ。留守の間、子どもを放り込めるところなら。たまたま家の近くにあったのが、ピアノ教室だった。

先生は独身で、母より少し年上だった。子どもが好きで、「何時間でもいいですよ」と言ってくれた。その言葉に、母は遠慮なく甘えた。

最初は一時間だったのが、預けられるたびに二時間、三時間と延びていった。半日、一日、ついにはお泊まり。ピアノだけでは時間が埋まらない。

「いまりちゃん、占ってあげようか。何占って欲しい？」

少し考えて、「ピンクのイルカ」に会えるかどうかを占ってもらうことにした。

「ピンクのイルカ？　何それ？」

先生に聞かれ、持ち歩いている写真集を見せた。子どもが持つには不釣り合いな重みと厚みのある洋書。先生はページをめくり、

「世界は広いね」と言った。それからタロットカードをめくり、

「今は会えないけど、いつか会えるって」と告げた。

いまりが生まれる前のことや、いまりの身にこれから起こることもカードは教えてくれた。それによると、いまりの前世は「しろまじゅつし」で、いまりは将来、占いを仕事にするらしかった。

「だったら、覚えとく？」

ピアノ教室で、いまりの手は鍵盤ではなくカードになじんでいった。

中学校に上がると、いまりに占って欲しい女の子たちが休憩時間に机を取り囲んだ。

誰が誰を好きか、憎んでいるか、家庭がどうなっているか、学年中の秘密がいまりに集まった。

その秘密を、いまりは誰にも言わなかった。打ち明ける友だちなんて、いな

かった。ただ、占いには役に立った。ある子の悩みの答えは、別な子の相談の中にあった。

相手を気遣う必要がないから、悪いカードが出ても、そのままを告げた。望みなしの片想いはバッサリ斬り捨て、お似合いのカップルを別れさせ、仲のいいグループに亀裂を入れた。「占いのせいで」と恨まれても別にいいやと思っていたのに、なぜか「占いのおかげで」と感謝された。

自分で決めたことに自信がなくて、決めることさえできなくて、ほとんど存在を消している地味なクラスメイトの占いにすがる同級生たちを、心の中で憐れんでいた。

学校を休むようになって、占う人がいなくなった。

自分の未来には興味がなかった。

封印されたタロットカードを再び手に取り、商売道具にしたのは、それくらいしかできることがなかったから。

お菓子屋でもなく、昔屋でもなく、いまりは占い屋になった。ピアノの先生が告げた未来が現実になった。

いまりの将来で、もうひとつ、ピアノの先生が告げたことがあった。

「けっこんしきをあげる」

これも現実になった。

あの人が堺で出会った陶芸家の息子と、いまりは結婚式を挙げた。その彼とピンクのイルカを見に行くはずだったけど、結局行けなかった。一度でいいから式だけ挙げて、それっきり。式を挙げることが目的だったから。

そういえば、ピアノの先生は、いまりが将来「けっこんする」とは言わなかった。

「嘘をつくんじゃないの。本当のことを言わないだけ」

それが先生の口癖だった。

カードが告げる内容をそのまま伝えないほうが、相手を傷つけないこともある。アマゾンの海を泳ぐピンクのイルカに「いつか会える」というのも、「永遠に会えない」とほとんど同じ意味だったのだろう。

だけど、「いつか」には夢がある。明日が信じられなくても、いつか来るその日を信じればいい。

目の前にあるもの、触れられるものだけが真実とは限らない。幻のように遠くにあっても、信じられるものがあれば、人は進んで行ける。遠くに光る星を頼りに目的地を目指す旅人のように。

たとえ不幸のカードが出ても、「心配いりませんよ」といまりが微笑めば、客は安心する。まやかしでも、自分以外の誰かの言葉に背中を押される人が少なからずいて、十分二千円の鑑定料を置いて行く。

幸運も不運も、本物も贋物も、鑑定が指し示すほうに転がる。

そういう意味では、占い屋と道具屋は似ているのかもしれない。

「これから堺に行って来る」

早く依頼人を喜ばせたくて、あの人は前のめりになっている。

「大丈夫なの？　またヘンなものに首突っ込んでない？」

「人助けだよ。親想いの娘を放っておけないじゃないか」

「ここにも父親のことを思って忠告してる娘がいるんですけど」

父親の形見の茶碗をボケた母親が騙し取られてしまい、母親が気づいて傷つかないように茶碗を取り戻したいという、けなげな娘。その純真な思いに応えたいのだとあの人は真顔で言う。

だけど、依頼人があの顔じゃなかったら、引き受けてないんじゃないの？

もう一枚カードをめくると、「塔」のカードが出た。

バベルの塔を思わせる不気味な建造物が今にも崩れ落ちようとしている。欲をかいて積み上げてきたものを失い、身を滅ぼす……。

出るカードがことごとく破滅を警告している。

「大丈夫？　過去の報いで、何かとんでもないことが起こるって出てるけど？」

「過去って、どの過去？」

私に聞かないでよ。

茶碗焼き　野田佐輔

「センセ、切ないわぁ。ししゃも一本をしがんで、しがんで、そんなダシ取るみたいになぁ」

堺の居酒屋「土竜《もぐら》」。ししゃも一本をアテに発泡酒をちびちび飲む野田佐輔に、カウンターの中からマスターの西田が憐れみの目を向け、「これサービス」と枝豆の小皿を出した。

「そこまでしゃぶってもろたら、ししゃもかて本望やろ」

「じょ、成仏するで」

常連の材木屋と表具屋のよっちゃんが佐輔の左と右から声をかける。カウンターのいつもの席で、三人並んで飲んでいる。

「あの百万、もろといたら良かったたな」

味がなくなったししゃものしっぽをしがみながら佐輔がぼそっとつぶやくと、

「百万て、何《なん》なん？」

マスターと材木屋とよっちゃんが食いついた。

「なんでもないわ」

小池則夫《カワウソ》と「大海原」がテレビに出た次の日、ギャラリーのオーナーに個展の打ち切りを告げられた。

「テレビでケチついてしもたやろ。ギャラリーも信用商売やさかい」

信用商売というほど立派なギャラリーでもないくせに。佐輔の個展を入れたとき、スケジュールはがら空きだった。

「ちょっとオーナー、そんなこと言わんといてください！　あんたも突っ立ってんと、何か言い！」

康子はオーナーに食い下がり、佐輔を焚きつけたが、正直、どうでもええわという気持ちだった。

「危機管理も作家の仕事とちゃいまっか」

オーナーが言い捨て、階段を降りて行ったのと入れ違いに、初めて見る顔の客が階段を上がって来た。

高級そうなスーツをビシッと着こなし、金を持ってそうな雰囲気だ。

康子に背中をドンと押され、佐輔は客の前に歩み出て、その勢いで茶碗の説明を始めた。

「白化粧を総掛けして、墨を垂らしています。なかなか思うように景色が出なくて苦労しました」

「実に結構ですね。いただきます」

客は値段も見ずに即決した。

「よろしいんですか!? お値段、こちらで」

茶碗をひっくり返し、底に貼った手書きの値札シールを見せると、

「八千円。先生、ゼロの数が違います」

「すみません。しかし、こっからゼロ一個削りますと、八百円……」

「先生、謙遜《けんそん》が過ぎます。八万で買わせていただきます」

「八万!?」

佐輔と康子の声が重なった。

「ものによっては、もっと弾ませてもらいます」

そう言って、客がスーツの内ポケットから束になった一万円札を出した。紙で巻かれた札束は、百万円の厚みがあった。

「これで先生に作っていただきたいものがありまして」

隣で康子が生唾を飲む音が聞こえた。吸い寄せられるように佐輔の手が札束に伸びたそのとき、

「パチモンですか？」

そう言って、康子が佐輔の手を取り、引っ込めさせた。

「この人、パチモンやめましたんで」

「やめたて、お前……お前かて、今、手ぇ出しそうになってたやないか」

「そら欲しいですよ。欲しいに決まってますやん百万。肉屋のパート代一年分や。私が思うんはええねん。けど、あんたが思たらあかん。これ受け取ったら、昔のあんたに戻ってまうやん。なんのために私がパートしてると思てんの！」

康子が言い募っている間に、客は札束を引っ込め、そそくさと階段を降りて行った。

佐輔にもわかっていた。あの百万は、受け取ったらあかん百万やと。

そっちの道に長い間足を突っ込んでいたからわかる。あれは茶碗の値段やない。野田佐輔の値打ちやない。後ろめたいことに加担する口止め料や。

写しに百万いうことは、写される手本の茶碗はその何十倍、下手したら何百倍。その値段で写しを売れば、差額が誰かの懐を肥やすことになる。写しを写しとして流通させるんは問題ない。けど、「本物」として売りさばけば、おれが作ったものは写しではなく「贋物」になる。

あれに手を出したら、もう戻れん。せっかく贋作師から足洗《あろ》たのに、昔おったとこにまた堕ちてしまう。パチモンやめますか、人間やめますか、いうやつや。

けど、今のおれに、失うもんなんか、あるんやろか……。

引き戸が開く音に顔を上げ、戸口に目をやると、珍しい男が入って来た。

「カワウソはんや！　テレビ見たで」

材木屋がうれしそうに声をかける。京都からわざわざテレビのことを謝りに来たのかと思ったら、

「どうだ？　作れるか？」

カワウソは依頼人から預かったという写真をカウンターに出した。茶碗と桐箱の写真の他に、茶碗を角度違いで撮った数枚。それを写せないかと持ちかけてきた。

その前に言うことがあるやろ。この鉄面皮《てつめんぴ》が。

自分のせいで全国放送でインチキ呼ばわりされて、顔を合わせるのも気まずいはずの相手の傷口に塩塗り込むような真似しよって。

ちょうど堺に伝わるカワウソ伝説を聞いたとこやった。江戸時代に体長三メートルを超える巨大カワウソが真夜中に出没して、町が大騒ぎになったらしい。

京都のカワウソは、図太さがバケモン級や。いや、京都のドジョウか。

「写しは、もうやらんて決めたんや」

写真から目をそらし、カワウソからも視線を外した。

マスターとよっちゃんと材木屋は写真をのぞき込み、盛り上がっている。

「利休の次は、これでっち上げるん？」

「ぐねぐねして、ややこしい形やなー」

「この茶碗なんぼ？」

「値段をつけるなら五千万は下らない、重要文化財級のお宝だ」

「テレビ出た人が言うと、説得力あるなー」

あの番組でのカワウソの醜態をキズだと思わず無邪気にはしゃげるこいつらはアホなんか無神経なんかどっちなんやろか。

「見て見てー。サインしといた」

マスターがうれしそうに色紙を見せる。《「あなたのお宝見せてぇな」出演古美術　獺》と書いてある。

「なんで俺の筆跡知ってるんだよ」とカワウソが脱力する。

こいつもヘラヘラ笑ってる場合ちゃうで。おれ個展飛んだんやけど。

「そこ貼っとく？」

材木屋が「大坂なおみ」の色紙の隣に貼りに行く。もちろん大坂なおみもマスターが書いたニセモン。こいつらは空気みたいにニセモンを作って吐き出しよる。ニセモンやらドジョウやら言われたかて、屁とも思わん。

「センセ、この茶碗やらんの？」

「センセがやらんかて、箱こしらえたい」

「わ、わしも譲り状こしらえたい」

「いや、茶碗だけでいいんだよ今回は」

ニセモン作りがしたぁてウズウズしている連中をカワウソがなだめる。浮かれた会話がどんどん遠のいて、海の中で声を聞いてるみたいや。

アホらし。おれだけがまずい酒飲んでるんかいな。


「利休の茶碗は、樋渡と棚橋に仕返しするために作ったけど、今回は違うんだよ。人助けの茶碗なんだ」

店を出ると、ほろ酔いのカワウソが追いかけてきた。

やけに熱がこもっているやないか。仕事の熱意やない。のぼせ熱や。依頼人は女、しかもカワウソ好みの美人やろなと察しがついた。

カワウソの別れたカミさんは、娘の結婚式にウェディングドレス着て乱入するような年齢不詳の美魔女や。こいつが面食いなんはわかってる。

「あの茶碗、写真だけで写すんはムリや。形が入り組んでるさかい……けど、おれ、本物見て、写したことあんねや」

「織部の『はたかけ』を？　本当か？」

樋渡に二十年ぐらい前に頼まれたと言うと、

「それだ！　過去の報い！」

カワウソが飛びついた。

「過去の報いて、何やねん？」

「あんたが作った贋物をつかまされて、とんでもない目に遭ったヤツがいるんだよ。恨みを買ってるかもしれない。人助けの茶碗を作ったら、みそぎになる！」

「よう回る口や。そんなに美人なん？」

カワウソが黙り込んだ。

「図星や。顔に書いてあるがな」

「そんなんじゃないって」

にやけた顔を手で拭いて誤魔化す。そのとき、カワウソのスマホが鳴った。カワウソは着信音で相手がわかったらしい。「志野さんからだ」と電話に出て、「今一人です」と声を弾ませながら、いそいそと佐輔から離れた。

シノさんいうんか、その美人。

「よう伸びとるがな、鼻の下が」

電話の相手に聞こえる声で、茶々を入れてやった。

「すみません。どこかの酔っ払いがうるさくて。今、堺に来て、お茶碗を再現してくれる作家と打ち合わせしてきたところです！　近々お会いしてご報告できたらと思いますが……」

透明人間にされた後は、キューピットかいな。

陶芸王子　牧野慶太

牧野慶太が初めて「王子」と呼ばれたのは、五歳のときだ。

幼稚園の年長組のときのお遊戯会。保育士の先生が「王子様役は、けいたくんね」と指名した。白雪姫を眠りから覚ます王子役。絵本に出てくる王子様とそっくりな衣装を先生が手作りした。

母親から聞いた話だ。慶太の記憶には残っていないが、かぼちゃみたいに膨らんだ王子様ぱんつをはいた写真が残っている。

小学校の四年生くらいの頃、慶太が幼稚園で王子役をやったことを同級生の誰かが思い出し、その噂が広まり、「王子」があだ名になった。

そのまま地元の中学校でも「王子」と呼ばれ、高校に進学してからも同じ中学校から行った同級生たちが「王子」と呼んだのが定着した。

母親は、お嬢様大学時代からの友人を自宅に呼んで、昼下がりに紅茶を飲むのが好きだった。母の友人の婦人たちも慶太を「王子」と呼んだ。

茶碗を「茶碗」と呼ぶのと同じくらい、フツーに、自然に、慶太は「王子」と呼ばれてきた。

今度、初めての写真集が出る。タイトルは「陶芸王子」。何のひねりもない。表紙のデザイン案が二案上がってきて、見せてもらった。

シンプルで落ち着きのあるA案と、アイドル感を盛ったゴテゴテなB案。デザイナーの推しは断然A案だと思うけど、B案に決まるだろう。

「王子と呼ばれて、どうですか？」

写真集のプロモーションを兼ねた取材で、必ず聞かれる質問。

「昔から呼ばれているので、慣れています」と本当のことをそのまま答えると、ウケない。とくに関西では。

「王子っちゅうキャラちゃいますけどねー。ジャージでママチャリ乗ってて、こんなんが王子名乗っててええんですか？」

こっちが模範解答。関西弁で自虐をかまして笑いを取る。

「ええっ、王子がジャージでママチャリ？　想像できなーい。でも親近感♡」

インタビュアーが手を叩いてウケてくれ、場が和む。

慶太が考えたのではない。京都嵐山堂の社長、嵐山直矢の入れ知恵だ。

社長とは東京で出会った。美容師の専門学校に通っていた十九歳の夏。慶太のバイト先の高級ヘアサロンに、社長は京都から通っていた。

初めて社長のシャンプーをまかされ、シャンプー台に案内したとき、腕時計に目が留まった。ローズゴールドにバケットカットのダイヤモンドが惜しみなくちりばめられ、光を放っていた。

「あんた、こんなん好きか」

慶太の視線に気づいて、社長が聞いた。

「きれいなものが好きです」と答えると、

「あんた気ぃ合うな」と社長は笑った。

美容師を志したのは、たまたまテレビに出ていたカリスマ美容師の手元でラピスラズリのブレスレットが輝いているのを見たからだった。人をきれいにして、自分もきれいなものを買えるっていいなと思った。

実際には、美容師は汚れ仕事だった。とくにシャンプー。人の頭って、こんなに汚れているのかと驚いた。

でも、客が身に着けているものを観察したり、それについて客と話をしたりするのは好きだった。

「次からもあんたにシャンプー頼むわ」と指名され、社長が予約した日にシフトを合わせるようになった。

髪を洗う間の短い会話をつなげて、社長が古い茶道具を扱う仕事をしていること、亡くなったお父さんの会社を継いだことを知った。

それが本当にやりたかった仕事ではないらしいことも。

「京都は狭い町やから」

社長は口癖のように言い、東京はラクやわと笑った。

慶太は美容師の国家資格を取り、バイトしていたサロンのスタイリストになった。シャンプーから解放されて、きれいな髪を触れるようになったのがうれしかった。

社長のカットも慶太が担当するようになった。社長が指定したヘアカタログの髪型を社長のイメージ以上に仕上げられるよう、社長の髪質を研究し、その日の湿度の影響を計算した。

「あんた、手先器用やし、凝り性やから陶芸向いてるんちゃう？」

ある日、社長に言われて、軽い気持ちで美容院の近くにある陶芸教室に申し込んだ。

やってみると、粘土は汚かった。触った瞬間、ベトベトしていて垢みたいだと思った。爪の間に入り込んで気持ち悪いし、あちこち飛び散って、顔や服につく。

買ったばかりのシャツにシミをつけられ、初日でイヤになった。

受講料を三か月分前払いしてしまったので、そこまで我慢することにした。次からは汚れてもいい服を着て行った。

ところが、初めて焼き上がった作品を見て、心を奪われた。緑がかった深みのある青。湯呑みの肌がトルコ石のような輝きを放っていた。

焼きもので宝石の輝きを作れる。自分の手で宝石を生み出せる……。

消化試合の教室通いが、本気になった。

講師の先生が掛けてくれた釉薬《ゆうやく》が「青磁」というものだと知った。調べてみると、青磁釉の配合は意外にも単純に思えた。しかし、何度挑戦しても、先生が釉薬を施してくれたときのような美しい焼き上がりには程遠い。

何が違うんだろ……。

まず、灰を吟味した。

灰の成分は、木の種類によって違う。なるべく鉄分の少ない柞《いす》の木で灰を作ってみたけど、うまく行かない。灰から出る灰汁《あく》の塩基成分が釉薬の働きを邪魔してしまう。何度も灰を水にさらして細かく擦り、灰汁抜きをした。

出したい色のためなら、いくらでも粘れた。粘土が顔や髪につくことも気にならなくなった。

深みのある色を出すためには、釉薬の掛け方にも工夫が必要だった。厚掛けにすれば色に奥行きが出ることは予想がついたけど、その厚みを出すのが難しかった。

あるとき、教室の窯の調子が悪く、素焼きの温度までしか上がらなかったことがあった。このトラブルが思わぬきっかけとなった。釉薬が溶けずに素焼きの状態で留まった作品に釉薬を重ねることができた。その結果、倍の厚みを出すことができたのだ。

焼き上がった青磁は、深く澄んでいた。講師の先生の作った色より美しいと思った。その青磁の器を社長に見せると、

「色がええな」

慶太が一番こだわっているところをほめてくれた。

自分の容姿をほめられたことは、王子役を演じた幼い日から何度もあった。けれど、自分の手が作り出した焼きものを、その色をほめられるのは、自分自身をほめられるより何倍もうれしく、誇らしかった。

もっと深みのある色を極めたい……。

作陶意欲に火がついた。慶太にとって、湯呑みや茶碗は釉薬を輝かせるための土台、宝石の原石だった。

作品を重ね、粘土が手になじむようになってくると、髪型を作るより粘土をこねるほうが自由で楽しいことに気づいた。

美容院の客は、思い通りのヘアスタイルに仕上がらないと、自分の頭の形や

髪質を棚に上げて「イメージと違う」だの「見本と違う」だのとケチをつけるが、粘土はどんな形にされても文句を言わない。

もちろん、どんな色にされても。

それに、ヘアスタイルは作品として残らないが、焼きものは残る。

「あんた、こっちの道で食べて行き」

陶芸教室の展覧会を見に来た社長に言われ、その気になった。

社長のお膝元、京都に呼び寄せられた。嵐山堂は陶房を構え、陶芸家集団を抱えていた。写しの手本になる古美術も、いくらでも借りられた。朝から晩まで習作に没頭できる環境が整っていた。

見本を真似するのは、美容師の頃にさんざんやっていたし、得意だった。すでにある美しさ、高みにどこまで迫れるか。目指すものが完成されているほど奮い立った。

見習いの身なのに嵐山堂の社屋近くにあるワンルームをあてがわれ、給料も出た。世の中には親切な人がいるんだなと思っていた。

社長に利用されていると気づいたのは、ずっと後のことだ。

国立古美術修復センターができて、その地下の隠し部屋に嵐山堂の陶房が移されてから。

これまで習作のつもりで取り組んできた「写し」が、「本物」として売られているのを知った。

知らず知らず「贋物」作りに手を染めていた……。

京都に呼ばれたのも、恵まれ過ぎた待遇も、このためだったのか。

美しいものへの憧れが強くて、手先が器用で、真似が上手な駆け出しの美容師を陶芸の道に誘い込み、贋作師育成計画のレールに乗せたのか……。

そのことを問いただそうとすると、社長は何か察したのか、

「あんたから買わせてもろた青磁の器、あれ、今も使《つこ》てますで」

思い出したように言った。

最初に社長に見せた青磁を、社長はびっくりするような値段で買ってくれた。あのときから首輪でつながれていたのかもしれない。いや、足枷《あしかせ》か。そこに重しがどんどんかぶさっていった。

足抜けしそびれている間に、「陶芸王子」として売り出され、人気に火がつ

き、いよいよ身動きできなくなってしまった。

社長はそもそもぼくの腕を見込んだのではなく、王子育成ゲームのキャラクターとしてぼくをスカウトし、投資したんじゃないかと慶太はこの頃思う。陶芸教室の展覧会を訪ねたとき、受講生仲間のマダムたちに「王子」と呼ばれて可愛がられている姿を見て、「陶芸王子」のアイデアがひらめいたのだろう。

スイーツ王子や着物王子はいたけれど、陶芸王子はいなかった。その隙間に牧野慶太をねじ込もうとした。贋作師修業は、「陶芸」王子になるための修業だったんじゃないか……。

社長は古美術を見る目はないが、新人タレントのプロデュース術は天才的だ。芸能事務所をやったほうが成功したかもしれない。

古美術商としても、もちろん成功はしている。自社のスポンサー番組を持っているくらいだから。

慶太が進行役を務める「あなたのお宝見せてぇな」。

まさか、あんなところで野田さんの作品に会えるなんて。

昨日の生中継を思い出す。訪問先の「古美術　獺《かわうそ》」で出されたお宝が、古美術ではなく現代作家の作品だった。

作者は野田佐輔。

第二十六回現代陶芸美術展《げんとうてん》の奨励賞受賞者。

受賞作の「ゆきどけ」を図録で知ったときの衝撃は忘れられない。慶太が作る作品、慶太が好きな作風とはまったく違った。整ってなくて無骨で、乱暴で、釉薬のむらやピンホールも散見された。慶太が追い求める美しさとは真逆で、緻密さも計算された美学もなかった。

なのに、胸がざわついた。

躍動感のあるうねり。飼い馴らされていない野生の生命力。これを作りたいんだという作者の気迫、手の勢いが写真からも伝わってきた。まるで器に作者の人格が宿っているようだった。

それまでの慶太は、ただ「きれいなもの」を作りたいと願っていた。それって何なんだよと「ゆきどけ」に突きつけられた気がした。自分の追い求めてきた輝きが一瞬で色あせたように思えた。

審査委員長の棚橋清一郎の選評に、藤原家隆《ふじわらのいえたか》の和歌が引用されていた。

《花をのみ待つらん人に山里の
雪間の草の春をみせばや》

この歌を千利休は茶の湯の理想の境地としていたらしい。色鮮やかに咲いている花よりも、これから雪を割って芽吹こうとする若草にこそ春を感じる。まさに、「ゆきどけ」の心。それを棚橋清一郎は野田佐輔の茶碗に見て、その先にある利休のわびさびまで感じ取っていた。

深い。野田佐輔も深いが、棚橋清一郎も深い。

それに引きかえ、うちの億野先生は……。

野田佐輔の奨励賞受賞から二十七年後、牧野慶太は現陶展で大賞を射止めた。そのときの審査委員長、億野万蔵が大賞作品に寄せた選評は、棚橋のものと比べると、はるかに薄っぺらい。

「牧野慶太は、百年に一度の逸材である。爆発するときを待っているような、内に秘めたパワーに圧倒された。今後への期待を込めて、大賞を授ける」

言葉だけが大きく、中身がない。つまりは、牧野慶太の大賞作に語るべきものがなかったということだ。

そりゃそうだよね。下駄履かせてもらったんだから。

現陶展の主力スポンサー、京都嵐山堂が牧野慶太に箔をつけるために「受賞を買った」のだ。億野万蔵もまた思い通りに使える人材として、社長の息がかかったのかもしれない。

慶太が現陶展大賞を取った頃はテレビでよく見かけた棚橋清一郎が、あるときから姿を消し、空いたポジションを埋めるように億野万蔵がテレビに出るようになった。

棚橋が出演していた鑑定番組が終了し、その後番組として始まった「あなたのお宝見せてぇな」は嵐山堂の一社提供で、社長は金だけでなくキャスティングに口も出した。

億野万蔵を押し込んだ上に自分の顔まで出し、「若い男の子つけましょ」と慶太を番組進行役に送り込み、「陶芸王子」の呼び名とともに売り出した。

棚橋清一郎の鑑定番組は、スタジオに持ち込まれたお宝を鑑定する収録番組だったが、「あなたのお宝見せてぇな」は、テレビクルーがお宝の持ち主の元に乗り込み、その場で億野が値をつけ、社長が気に入れば買い上げるという突撃スタイルの生中継番組だ。

週に一回の放送が始まって、半年。数十回の放送を重ねているが、驚くようなお宝には、めったに出合えない。

「こんなんしか出まへんのか？」

「もっとなんかおへんのか？」

億野万蔵と社長が取材先の素人にないものねだりするのが、番組の定番になりつつあった。

今日はどんなお宝を拝めるのかという慶太の期待は、回を追うごとにしぼみ、今日はどんな素人いじりが行われるのかと予想するようになった。お茶の間のウケを狙いつつ取材先を怒らせないほどほどのところで止めるのが、慶太の役どころだ。

だから、「古美術　獺」のお宝にも期待はしていなかった。ところが、野田佐輔の作品をナマで拝めた上に、さらなるオマケがあった。

翡翠楽茶碗、銘「大海原」。

堺の樋渡開花堂が一億円の値をつけたという幻の利休の茶碗。「ゆきどけ」に通じる作者の気迫、凄みと深みが宿っていた。

やっぱりすごいな野田さん。店を傾かせる茶碗を作るなんて。

棚橋清一郎がテレビに出なくなった理由も、わかった。棚橋は、樋渡開花堂のお抱え鑑定家。樋渡と一緒に自滅したわけだ。

億野万蔵とは比べ物にならない目利きでさえ、野田佐輔の腕に惑わされた。

いや、もしかしたら……。

棚橋清一郎は、わかっていたのかもしれない。幻の利休の茶碗を作ったのが、誰の手なのか。

現陶展に奨励賞があったのは、後にも先にも野田佐輔が受賞した一回きり。審査委員長の棚橋が特別に設けた賞らしい。

そこまでして賞を授けた手を、忘れたりするだろうか。

若主人　嵐山直矢

「堺の野田佐輔、落ちませんでした」

番頭からの報告を受けて、京都嵐山堂の若主人、嵐山直矢は社長椅子にふんぞり返ったまま吠えた。

「落ちませんでしたやないわ。落として来《き》ぃや」

野田佐輔が欲しい。あの手が嵐山堂には必要なのだ。堺の樋渡開花堂を傾かせた、あの手が。

樋渡開花堂を太らせてつぶした社長の樋渡とは、父の代からの因縁がある。元々、樋渡開花堂と嵐山堂に取引はなく、社長同士もつき合いがなかったが、父が可愛がっていた京都の目利きを樋渡が抱え込み、嵐山堂から引き離した。

その目利きというのが、棚橋清一郎だ。

棚橋の眼力を鍛えたのは父だったと言われている。古美術でも書物でも棚橋の役に立ちそうなものは惜しみなく目に触れさせた。人もずいぶん紹介したらしいが、棚橋に注いだものは樋渡に吸い上げられてしまった。

父は、古美術を見る目はあったようだが、人を見る目がなかった。

見た目も声も性格もまるで違う一人息子のことも、扱いかねていた。

嵐山は、父にも、父の仕事にも、敬意も興味も湧かなかったが、悪事の匂いには鼻が利いた。父の話しぶりから樋渡開花堂は危ない橋を渡っていて、棚橋はその片棒を担いでいるらしいと察しがついた。

同じ場所で同じものを見ていても、父とはとらえ方がまるで違った。そのことを決定的に悟ったのは、父に連れられて東寺《とうじ》の弘法《こうぼう》さんの市《いち》へ行ったときだった。真新しい詰め襟の袖が余っていたから、中学校に上がって間もない頃だ。

父が目に留めた古道具は、嵐山には面白くなかった。どれも訴えかけてくるものがなかった。

「どう思う?」と聞かれても、何とも答えようがなかった。

「お前にはわからんか」と父はがっかりしていたが、力のない道具に次々と惹きつけられる父の感性を理解できなかった。

その道具市で嵐山は絵を買った。

表情の違う青を重ねた海の絵。古いヨーロッパ映画から抜け出て来たような彫りの深い顔立ちの画商が、たどたどしい日本語で「トーヤマキンタ」という画家の絵だと教えてくれた。

「つまらんもん買《こ》うて」

絵を見た父の感想は、それだけだった。

嵐山が絵を描くことも、父は好ましく思っていなかった。感想を聞いたことはなかったが、「つまらんもん描いて」と思われているのやろなと嵐山は察した。

僕の見てるもんがつまらんのやない。親父の見たいもん、見せたいもんと違うだけや。けど、親父がわかってくれることはないんやろな……。

十代の嵐山の胸を鬱《ふさ》ぐように、諦めが積もっていった。

父には理解できない絵を描き連ねることは、ささやかな反抗だった。芸術には惹かれるが、父親が生業《なりわい》としている古美術には興味がない。そのことを面と向かって告げる勇気はなく、拙い絵にぶつけていた。

父に否定されたことで、嵐山はますます海の絵に惹かれた。父のいないところ、海のそばに行きたいと、壁に掛けた絵を見ながら憧れを募らせた。

父が亡くなり、嵐山堂を継いで最初に手をつけた仕事が、「形見の茶碗」を始末することだった。

「これの値打ちがわかるようになるまで、手放したらあかん」

父の遺言は、嵐山にとっては、呪いの言葉でしかなかった。

この不格好な茶碗のどこに父が値打ちを見出したのか、さっぱりわからなかった。わかる日が来るとも思えなかった。

さっさと手放して、呪縛を断ちたかった。だが、番頭や他の社員の目もある。先代の遺言を破ったとなると、示しがつかない。

コピーの茶碗を作ることにした。秘密を守れる相手に頼む必要があった。それで思い出したのが樋渡開花堂だった。

誤算だったのは、出来上がったコピーが思いのほか良く出来ていたことだ。

本物を売りさばいてコピーを手元に置いておくつもりだったが、気が変わった。コピーのほうを本物として金に換えようと。

親父の形見やから置いておくんやない。金のなる木やから手元に残しておくんや。

もちろん、その茶碗の値段を聞いて、手放すのが惜しくなったことも大きかった。嵐山にとってはただの古ぼけた土の塊、イヤミのような不細工な代物《しろもの》に金を惜しまない道楽者がいるのだ。

樋渡開花堂にコピーを頼んだことが、後の嵐山堂の舵取りに大きく影響することになった。それが良かったのかどうか。乗りかかった船は、今さら降りることができないほど陸から遠く離れてしまっている。

樋渡の口から「大海原」のことを聞いたのは、去年の暮れだった。樋渡開花堂を畳むことになったと樋渡が京都まで訪ねて来た。

二十年ぶりに会う樋渡は、流れた時間分以上に老けて見えた。

「お恥ずかしい話で。利休の茶碗をつかまされたんですわ」

そのオークションの噂は嵐山の耳にも入っていた。居合わせた連中の話が古美術業界をひと泳ぎする間に「大英博物館が買いつけに来ていた」だの「文化庁が運慶《うんけい》級のお宝だと太鼓判を押した」だの尾ひれがついた。

異様な興奮と熱気の中で平常心を失ったのではと想像していたが、つかまされた本人の話によると、

「棚橋センセが本物やて言うたから買《こ》うた」という単純な話だった。

現代作家が最近作った写しだとわかったのは、クリスティーズのオークションにかけるのが決まった後で、法外な違反料までふんだくられたと樋渡はぼやいていた。

「一億円の損害賠償起こしたのに、誰も払いよりませんのや」

その請求相手というのが、棚橋清一郎の他に二人いた。陶芸家の野田佐輔と「古美術　獺」店主の小池則夫。利休の茶碗をでっち上げた腕の持ち主と、売り込んだ口の持ち主だという。

「大海原」。名前が気に入った。

番頭が珍しくいい仕事をして、「大海原」とよく似た緑楽茶碗が九州で売られていたという噂を聞きつけた。どうやら樋渡開花堂がつかまされたのと同じ

ときに焼いたものらしい。関西でさばいたら足がつくと思って九州へ持って行ったのだろう。

その茶碗の所有者から色をつけて買い上げ、番組の生中継のときに仕込んだ。獺の店主はハプニングに対応しきれず、一方的に言い負かされた形になった。嵐山の思惑通り、全国放送で野田佐輔を貶《おとし》めることに成功した。

あとは、こっち側に転がすだけや。

百万ちらつかせても、野田佐輔はなびかんかったらしい。やせ我慢しよって。茶碗こしらえて百万なんて、こないなうまい話、そうそうないで。

カッコつけたかて、結局は金や。金で落ちんヤツは名誉で落ちる。

億野万蔵かて、衆議院議員の野島かて、文化庁の文化財部長かて。

野島とは、ハワイで出会った。嵐山は絵の道を志したものの国内の美大には引っかからず、ハワイ大学附属の英語コースに進んだ。父の目が届かないところ、海のあるところに逃げたともいえる。

まわりの生徒は日本人だらけで、休憩時間も日本語を話していた。日本にいるのと変わらんやないかとアホらしくなり、授業をサボるようになった。

だが、京都に帰る気はなかった。海の絵を描いて時間をつぶすうち、サーフボードに絵を描いて小遣いを稼ぐようになった。

そこに「昇り竜を描いてくれへん？」と京都訛りで声をかけてきたのが、野島だった。下の名前を竜樹といった。

嵐山よりひと回り年上の野島は別の英語学校に放り込まれていたが、嵐山以上に英語が下手だった。嵐山も京都出身だとわかると、すり寄ってきた。

父親のようにはなりたぁないと愚痴り合いながら、親の金で飲み歩いた。自分ら「島流し組」は何者《なにもん》かになれるんやろか、何者にもなれんのと違《ちゃ》うやろか。日本に帰ったら浦島太郎になって、ますます取り残されてまうんやないやろか……。そんな不安と鬱屈を酒で流すアホな若者《わかもん》同士だった。

軽蔑していた父親から地盤と看板とカバンを継いで、野島は二世議員になった。

父親が叶えられなかった悲願が、選挙区のある地元にハコモノを作ることだった。野島の言葉を借りれば、「とにかく、なんかハコモン」であれば良かった。国立古美術修復センターが実現して、親父を超えたと喜んでいる。

視察のたびに渡される車代が多すぎると言ってきたことはないが、それだけ包むということは裏があると気づいているはずだ。それでも何食わぬ顔で「いつもすんません」と分厚い封筒を懐に納める。見返りにしっかり働いて、古美術修復センターの予算を取ってきてくれる。

持ちつ持たれつぃうやっちゃ。けど、金でも名誉でも動かんヤツというんが、たまにおる。嵐山堂の前の番頭もそうやったと嵐山は思い出す。

今の番頭とは比べものにならないほど優秀だったが、頭が固かった。先代の形見の茶碗の贋物を嵐山がこしらえさせたと知って、怒り狂った。

「坊はん、なんちゅうことしなはったんだす！　坊はんは先代はんが大事にしてきはった看板を、魂を、心を踏みにじらはったんだすよ！　先代はんが知ったら、泣かはりますよ！」

そう言いながら、番頭が泣いていた。

その看板や魂や心っちゅうんが重たい。泣く番頭も重たい。先代が遺したあれやこれやが重たい。

「いつまで先代先代言うてるんや！　親父の時代はとうに終わったんや！」

形見の茶碗は手元に置いておくことにしたが、先代への忠義を引きずる番頭には暇を出した。仕事ができても思い通りにならない番頭の後釜に、言うことは聞くかわりに仕事ができない番頭が納まった。

「野田佐輔、どうしましょう?」

今の番頭は、何でもこっちに聞いてくる。自分の考えというもんがない。あんたの首の上についてるんは、頭の形した置き物《もん》かいな。

「そのうち向こうから泣きついてくるわ」

贋作師のレッテル貼られて、個展も中止に追い込まれてしもたら、本物《ほんもん》の贋作師になるしかないやないか。いざとなったら肉屋でパートしてる妻をつついたらええ。

ふと視線を感じ、顔を上げると、先代の肖像写真が嵐山を見下ろしている。ちっこい目。おっきい鼻。薄い唇。尖ったヒゲ。空豆みたいな形の顔。どっこも僕と似てへんなとあらためて嵐山は思う。ほんまに親子なんやろか。親父もそない思とったんかもしらん。

せやから、あんな出来損ないの疵物《きずもん》の茶碗を形見に遺したんやろか。

「これの値打ちがわかるようになるまで、手放したらあかん」

どないなつもりで、あないなこと言うたんやろ。父親の期待に応えられんかった出来の悪さを思い知れ、いうことやろか。

死んでからも息子を見下ろし、睨みをきかせている親父。今にもあの曲がり木の杖振り上げて、おしり叩いてきそうや。

「あれ、どけといて」と番頭に言うと、

「若主人もこわいですか？」

急にくだけた口調になった。何親しみ感じてるのや。なれなれしい。

「私もよう怒られました。この目に睨まれたら、もう……」

「ええから、はよどけてんか」

口より手ぇ動かしぃな。

「はい、はい」

はいは一回でええ。

「はい、はい。主人、ちょっと失礼します。下ろさせてもらいます。あ、主人、お顔に埃がついてますね。後で拭かせてもらいますね」

番頭が写真の先代に主人、主人と呼びかける。
何遍言わせるんや。主人は僕やろ。

道具屋　小池則夫

佐輔が新聞紙にくるんだ「はたかけ」を京都に届けに来たのは、則夫が堺へ出向いて一週間後のことだった。焼け木杭《ぼっくい》から火を熾《おこ》すのにひと月はかかると覚悟していたら、思いのほか早い納品だ。いや、早すぎる。

茶碗を確かめると、薪窯で焼いた風合いが出ている。酸化と還元を繰り返して深みを出したと見える織部黒だ。

しかも、急ごしらえとは思えない古びた佇まいまで帯びている。

「驚いたな。この短い間に薪で焼いたのか。ずいぶん早い割に時代づけもできてる」

「補欠や」

佐輔がぶっきらぼうに言った。

「補欠って何だよ？」

「昔、樋渡に頼まれて、『はたかけ』の写しこしらえたて言うたやろ？」

なるほど。そのときの補欠か。一から作って、こんなに早く出来るわけないよな。二十年間ほったらかしていたら、いい具合にアンティークになったというわけか。

「写しはもうやらん、言うたやないか」

そりゃ言ってたけどさ……。

「ボケたバアさんにバレんかったらええんやろ？」

佐輔の言い草は腐っていた。

「そういう言い方はないだろ。俺はさ、あんたが腕をふるうチャンスだと思って……」

力が抜けて、言葉が続かない。何のために俺がわざわざ堺まで出向いて、あんたを焚きつけたと思ってるんだよ？

佐輔が昔「はたかけ」を写したと聞いて、これは因果だと思った。いまりが占いで言っていた「過去の報い」はこのことではないかと。

利休の茶碗を焼いて、佐輔はどん底を蹴った。あとは上がる一方だと思っていたが、世間の評判がついて来ない。

何かきっかけが要るのだ。幻の織部の茶碗を今の野田佐輔にもう一度焼かせたら、何かが変わるかもしれない。

そう思ったから、俺はあんたに……。

「とりあえず十万でええわ」

佐輔が吹っかけてきた。こいつ腐ってる。とことん腐ってる。

「は？　二十年ほったらかしにしてた中古だろ？」

「ほな二十にしとく？」

開いた口が塞がらない。

「はー、堕ちたよなー」

「あんたに言われたないわ」

佐輔が茶碗を引き上げようとする。

「わかったわかった、五万でいいだろ」

「七万や」

「六が限界だな」

「せこいのー。せめてロクゴーや」

「どっちだよセコイのは。ロクニーだ」

千円単位で揉《も》めているところに、

「お客さんだよー」

いまりの投げやりな声がして、店の入口から志野が現れた。今日は道行《みちゆき》を羽織らず、薄桜地《うすざくらじ》に暁鼠《あかつきねず》と藤鼠《ふじねず》の縞柄の着物が似合っている。

佐輔が志野を見て、「お」という顔になった。茶碗の写真より志野の写真を見せておけば、腕をふるう気になったかもしれない。

茶碗と向き合う志野の反応を、佐輔と二人、固唾《かたず》を飲んで見守った。

志野は何も言わない。茶碗の出来に不満なのだろうか。さすがに本物そっくりに再現とまではいかないが、あの写真からこれだけの茶碗が出て来たら、驚いてくれても良いのではないか。

物言わぬ志野の表情から何かを読み取ろうと目を凝らしていると、志野の目に涙がせり上がり、こぼれ落ちた。

言葉を待っていたから、涙に不意を打たれた。

「すみません……。父が帰って来てくれたみたいで」

白い頬を伝う滴を人差し指でぬぐうと、志野が言った。再現された形見の茶碗への最上級の褒め言葉だ。

志野の着物の縞は太い線を両側の細い線が挟む両子持縞《りょうこもちじま》。子どもが親をいたわり寄り添うさまにも似て、孝行縞とも呼ばれる。まさに今日の志野をあらわすような柄だ。

佐輔と二人、志野の涙にうたれ、見惚《みと》れていると、

「あの……お礼は、どのように……？」

潤んだ瞳で問われた。

「お礼は、今の涙で」

思わず言うと、佐輔が負けじとしゃしゃり出て、

「心を込めて焼かせていただいた甲斐がありました」

何が「焼かせていただいた」だよ？　恩着せがましい。昔焼いた中古を引っ張り出しただけだろ。

目でたしなめると、佐輔は黙ってろというように睨み返し、

「末永く手元に置いたたってください」

と志野の手を取った。

図々しい。茶碗を引き上げようとしていた手で触るな。

すかさずその手を引き離し、言ってやった。

「良かったな、野田君」

茶碗焼き　野田佐輔

「野田君て誰やねん？」

日暮れの鴨川べり。並んで歩くカワウソに佐輔は明るく突っ込みを入れた。

「あんたなぁ、煩悩丸出しやがな。顔のパーツ、流れてるで。織部の茶碗もびっくりな、ひしゃげっぷりや」

「そっちこそカミさんいるくせに下心丸出しなんだよ」

流れたパーツを寄せるように顔をなでつけながら、カワウソが言い返した。

たしかに、茶碗を届けたときは重かった口が、すっかり軽くなっている。美人の涙にほだされてしもたか。カワウソののぼせっぷりには負けるけど。

「志野さんにいい顔できたんだから、茶碗代は三でいいだろ」

「はあっ？　まだ値切るん？　誰のおかげでええ顔できたと思てんねん？」

「いいじゃないか。落ちるとこまで落ちたときに差し出せるのは、善意ぐらいだろ」

「なにインチキ詩人みたいなこと言うてんねん？」

「これでも若い頃はランボーにはまってたんだ」

「スタローンか？」

「そっちじゃないよ。アルチュール・ランボー」

「アル中？」

いい歳して鴨川べりで青春かよと笑い合っていると、電話の着信音が鳴った。カワウソのスマホだ。カワウソは着信画面を見て、

「ピエールからだ」と出た。

カワウソと腐れ縁のガイジン。前に会ったときは、イギリス貴族のチャールズ・スペンサーと名乗っていた。今も別な名前があるらしいが、カワウソはいつでもピエールと呼ぶ。

カワウソに恩があるんか、弱みを握られているんか、ピエールはカワウソのためなら何でもやる。依頼人の母親が騙し取られたという「はたかけ」の調査

をカワウソに頼まれて、京都中の古美術店を訪ね歩き、ついにその在処《ありか》を突き止めたという。

幻の織部の茶碗、「はたかけ」は嵐山堂にあった。

「志野さんが持っている写真の茶碗と同じに見えるな」

ピエールが嵐山堂で撮ってきた「はたかけ」の写真をタブレットで確認して、カワウソが言った。

たしかに、おれが昔写した手本と同じに見える。

「ボケたバアさん騙した悪い道具屋いうんは、嵐山堂やったんか？」

「先代の頃からずっと嵐山堂にあるて、番頭は言うとったけどな」

ピエールが流暢な関西弁で言った。こいつは相手によってガイジン日本語と母国語の関西弁を使い分ける。

「そりゃ本当のことは言えないだろ。素人のお年寄りから最近騙し取ったなんてさ。しかし、よく飛び込みで見せてもらえたよな」

カワウソの言う通りや。確かに、一見の客に「盗品」を見せるのは、ガードが甘すぎる。

「最初は渋っとったけどな、ロンドンからわざわざ買いつけに来た、言うたら、ほんなら特別にお見せします、言うて奥から出して来よった。ほんま日本人はつくづくガイジンに弱いわ」

ピエールは生まれも育ちも堺で、日本から出たことがない。飛行機が怖くてパスポートも持っていないらしい。本名は遠山金太だが、たいていの日本人はこいつのわかりやすい「ガイジン」ぶりに騙される。

「ハタカーケというお茶ワーンを探しているのデスガー」と英語なまりのヘタクソな日本語で聞くと、どこの店でも親切に応対してくれたという。

「ガイジンやのに日本語をしゃべれて、茶道具にも詳しいっちゅうて、こっちがお宝扱いされる。ちょろいもんや」

そらガイジン詐欺やないか。

「ところがな、嵐山堂の番頭だけは、ハタカケて名前出した途端に、そんな茶碗知らんてシラ切りよってん。探られたないんがバレバレやったわ」

そんだけ警戒しとったくせに、ロンドンから買いつけに来たと聞いてあっさり気を許すて、どんだけ脇が甘いんやその番頭。

「番頭が古びた桐箱から茶碗を取り出したん見て、こらひょっとするとひょっとするでて思てん」

ピエールは若い頃、道具市の片隅で絵を売っていたらしい。お宝とガラクタを山ほど見てきたから目は肥えている。

「オーハタカーケ！　ビューティフル……ハウマッチ？」

カタカナでも通じる英単語をネイティブっぽい発音で言うと、これでどうでしょとテーブルの向かいから番頭が五本指を広げて金額を提示したという。

「五百マンデスカてとぼけたったら、ご冗談を、五千万です言われて、ちょっとワイフに相談シマス言うて、バババッて写真撮ったら、写真はあきません！ノーピクチャー、ドントピクチャーて番頭が慌てよってん。英語ワカリマセーン。これ見ないと、ワイフ、ワカリマセーン。ワイフ、サイフにぎってマースてガイジン丸出しで押し切ったった」

その成果がタブレットに納められていた。

「ドントピクチャーて何だよ」

カワウソが突っ込みを入れ、笑い合っていると、テーブルに置いたカワウソのスマホが短く震え、メッセージの着信を知らせた。

「え？　どういうこと？」

画面に出た通知を見て、カワウソが首を傾げる。どないしたんと画面をのぞき込むと、

「『はたかけ』が売りに出てる」

ネットオークションに「はたかけ」が出たら通知が来るようにしていたという。

嵐山堂が出したんやろか。

「ピエールに写真撮られてしもたから、あわてて売り抜けようとしてるん？」

「嵐山堂が、そんな足がつくようなことしないだろ」

「ちゅうことは？」

「嵐山堂にあるのとは別な『はたかけ』が売りに出されたってことだ」

カワウソがスマホでネットオークション画面を開き、ピエールが嵐山堂で撮ってきたタブレットの「はたかけ」の横に並べた。

二つの「はたかけ」を見比べる。

「ほら違う。ネットに出てるほうは、織部の箱もないし」

箱があるか、ないか？　比べるとこは、そこやないで。

「こっちは写しや」

スマホの「はたかけ」を指して言うと、そうなるだろなとカワウソがうなずいた。

「自分が納めた茶碗の面《つら》忘れたん？　こないだ納めた、あれや」

「え？　これ、志野さんに納めた写し？　二十年前の補欠ってこと？」

カワウソの声がうわずった。

「ここにちっこいキズがあるんや。作った本人にしかわからんやろけど」

スマホの「はたかけ」を指でつまんで拡大すると、カワウソとピエールが画面に顔を近づけ、見る。

「やられた」

カワウソが天井を仰いだ。のぼせていた熱が一気に冷めたか。

「やっぱりな。おかしいと思とったんや」

「何がやっぱり、だよ？」

カワウソが口を尖らせる。

「二十年前に樋渡に頼まれて写したときに、おれ本物見た、言うたやん？　その茶碗て、あの志野いう人の家にあったやつということやん？　なんか、おかしない？」

カワウソが黙り込む。こいつも薄々気づいていた。なんか引っかかるて。冷静に考えたら最初にわかることやけど、美人によろめいて、気ぃつくんが遅れたんやろ。巻き込まれたこっちはええ迷惑やで。

「色仕掛けで茶碗騙し取るんは、何詐欺や？」

カワウソにイヤミをかましてやってから、

「上の名前、何？」と聞いた。

「志野さんの？」

「さん付け、いらん」

「橘」

橘志野。芸名みたいな名前や。本名かどうかも怪しいな。

「ハタカケの次は、その女のこと調べたろ」とピエールが言った。

ボケたバアさんの目を誤魔化すどころか、こっちが騙されてしもてるやないか。

二十年前の補欠ふんだくられただけでも腹立つけど、もし、あの女とバアさんのためにわざわざ焼いた茶碗やったら、はらわたが煮えくり返る。

せやから、写しはもうやらん、言うたんや。

三 狢
むじな

夜の女　サユリ

道具屋と陶芸家の二人が後を尾《つ》けているのは、背中で察していた。

その前に道具屋から何度も着信があり、留守番電話にメッセージが残されていた。

「お茶碗のことでお伝えしたいことがありますので大至急ご連絡くださいよろしくお願いします」

焦りのあまり句読点が消えていた。織部の茶碗をネットオークションに出したのを、早速見つけたらしい。

逃げも隠れもしない。途中で見失われないように気をつけて、仕事場に着いた。誘導されているとも知らずに二人がついて来ているのを背中で確かめ、地下へ続く階段を下りる。

クラブ「社長室」のドアを開けると、華やいだ声と香りに迎えられた。それを合図にサユリは商売の顔になる。

メイク室で赤いドレスに着替えている間に、金を持ってなさそうな一見客《いちげん》の二人は、隅のテーブルに通されることだろう。

メイク台の鏡に向かい、ルージュを引き直しながら、高校三年の文化祭で「ロミオとジュリエット」をやったときのことを思い出す。

一学期の頭に関西から引っ越してきた転校生に、ジュリエット役の白羽の矢が立った。ロミオ役の男の子は、女子に絶大な人気があった。

「性格悪いくせに」

「可愛いのは顔だけ」

女の子たちのやっかみが台本に注がれ、財産目当てでロミオとの結婚を企《たくら》む腹黒いジュリエットを演じることになった。

そんなに性悪なジュリエットが見たいんやったら、そないしたろと開き直った。ヘタクソな東京弁で恥かくくらいなら、関西弁でまくしたてたる。

「私、可愛いんは顔だけて言われてるねん」

「肌は白いけど、腹は真っ黒けやで」

文化祭の上演本番、台本にない自虐的なセリフを連発してやった。

仮死状態になったジュリエットを見て、彼女が世をはかなんで自死したと思い込み、後を追おうと毒を飲むロミオ。目覚めた性悪ジュリエットは、玉の輿作戦が失敗してむくれる筋立てになっていたが、この場面も台本にないアドリブを盛り込み、

「あんたアホ？　なにあわてて死んでるん？」

とロミオの死体を小突きながら罵ってやった。最初は戸惑っていた客席が徐々にほぐれ、ジュリエットが何か言うたびに笑いが大きくなっていった。

「いい加減にしろよ！」

ロミオ役の優等生美男子がたまりかねて生き返った。

「なんや、死んでへんやん。根性ないなー」

「いいから、台本に戻ってくれよ」

「台本て何やねんな？　あんたこそ役に生きてぇや。これが現実や。あんた臨機応変ちゅう言葉知らんの？」

性悪ジュリエットが喝采を浴びたその日以来、「実は面白い人だった」と嫌われ者の転校生は人気者になった。

あのときのジュリエットの感じで行こか。

サユリは控え室からフロアに出ると、グロスで艶めく唇に余裕の笑みを浮かべ、隅のテーブルで所在なさそうにしている一見客の二人に近づいた。

「先日はありがとうございました」

橘志野として礼を言い、二人の向かいに腰を下ろすと、道具屋が神妙な面持ちで切り出した。

「お茶碗が見つかりました」

咎める口調ではなかった。

もしかしたら、見つかったのは、あっちの茶碗だろうか。

そう言えば、以前この男が言っていた。

「お母様を騙した道具屋について、お抱えの調査員に調べさせています」

認知症の進んだ母が悪い道具屋に騙し取られた、父の形見の茶碗。あるはずのない幻の茶碗を見つけ出して、知らせに来てくれたというのか？

だとしたら、まだ橘志野の正体に気づいていないことになる。

「お茶碗が見つかった？　ほんとですか？」

素直に明るく応じると、

「ほんとですかやないわ」

陶芸家がすねたように言った。道具屋は穏やかだが、陶芸家は見るからに不機嫌で、文句をつけに来たのがわかる。

ということは、やはり見つかったのは、こっちの茶碗か。

思った通り、道具屋が差し出したスマホ画面には、見覚えのあるネットオークションのページが開かれていた。

「最初から売りに出すつもりで騙し取ったんやろ？」

陶芸家が睨んでくる。作った本人なら、一目見てわかったはず。自分が焼いた写しだって。

画面に視線を落とし、あえて何も言わずにいると、道具屋が言った。

「志野さんは、あの織部のお茶碗の価値をご存じだったんですね？　うまく素人のフリをして同情を買ったつもりでしょうけど、あれだけのお点前《てまえ》をなさる方が古田織部をご存じないとは、不自然すぎました」

なーんだ、気づいてたんだ。

彼にお点前を見せたのは、茶碗を受け取る前。お抱えの陶芸家に茶碗を焼かせることができそうだと報告を受けた。電話で済む話なのに、二人きりで会いたいと言ってきたから、静かな場所がいいですねと茶室を借り、お茶を点《た》ててあげた。

すっかりのぼせ上がっていたかと思ったら、抜け目ない。さすがわたしが見込んだだけのことはある。

たしかに、古田織部の名を聞いて、とぼけたのはやりすぎだった。織部を主人公にした人気漫画がアニメ化もされている。千利休ほど有名じゃないけど、名前を知らないふりをしなくても良かったのかも。

「お前、何まだ敬語使《つこ》とんねん？　人の茶碗で小遣い稼ぎしようとした詐欺師やで」

吠える陶芸家を手で制し、道具屋が穏やかな口調で聞いた。

「何か事情がおありでしたか？」

「事情も何もないわ。事情聴取や！」

陶芸家の興奮に道具屋は取り合わず、こちらの表情をじっとうかがう。大丈夫。まだのぼせてる。熱は冷めてない。

「すご〜い。よくできました♡」

ニコッと笑って、拍手をしてやった。足を組みかえ、煙草に火をつけ、性悪ジュリエットのスイッチを入れる。

「うちに織部の茶碗なんてあるわけないじゃない。ボケた母なんて嘘。悪い道具屋も嘘」

「あのときの涙も？」

道具屋が聞いた。

せめて、あの涙には嘘はなかったと信じたい。そうよね？

悪いけど、その期待、裏切らせて。

「ぜーんぶウッソー。たまたまテレビで見て、あなたたちに目をつけたの。嵐山堂にコケにされた道具屋とお抱え陶芸家。腕は悪くなさそうだけど、世渡り下手そうだし、いいなと思って」

「いいなて……」

陶芸家の顔がどんどん曇る。いい感じ。

「嵐山堂にある本物とすり替えようかなって思ったんだけど、まあまあの出来だったし、織部の箱もなかったから、ネットに出したの。でも、五十万まで下げたのに買い手がつかないってどうなの？」

陶芸家の顔に、わざと煙を吹きかけてやった。

「おいっ。人の茶碗騙し取って、その態度は何や！」

咳き込みながら、陶芸家が吠える。

道具屋は押し黙っている。橘志野の本性に失望して言葉を失っているのか、出方を探って考えを巡らせているのか、どっちだろ。

「ま、一応合格ってことで、ここからは仕事の話。知ってる？　去年できた国立古美術修復センター」

切り札を出した。

「キズのついた古美術を修復して返すってのが表向きの業務だけど、国から委託を受けた民間業者が、やりたい放題。持ち込まれた本物のお宝をお手本に贋物を作って、海外の美術館やコレクターに流してるんだって」

嵐山直矢が耳元でしゃべった話をしてやった。隙あらば背中に伸ばしてくる手をやんわり払いのけながら聞き出した、嵐山堂の裏の顔。

でも、嵐山堂の名前を出すのは、もう少し待ってから。

「贋物がたくさん出回るとバレやすくなるし、価値も落ちちゃうから、一気に売りさばくんだって。もちろん、足がつかないようにダミー会社を使ってね。国のお墨付きをもらって、堂々と贋物ビジネスでボロ儲けってわけ。どう、このネタ、お金になりそうでしょ？」

「小さな嘘で損をさせて、大きな嘘で儲け話を持ちかける。詐欺師の常套手段だ」

道具屋が静かに告げた。

「慎重なのね」

「二度も騙されるのは、ごめんですから」

そこに、ＶＩＰ席へ案内される嵐山と億野が現れた。いつもの時間。

「あら、噂をすれば」

と目を向けると、道具屋と陶芸家も見て、途端に不愉快を顔に浮かべる。

そりゃ番組であれだけ恥をかかされたら、根に持って当然。それを利用しない手はない。

「お尻の一つでも触らせたら何でも言うからあの軽い口」

「……さっきの話、嵐山堂が？」

道具屋が目の色を変えた。

ほらね、食いついた。

「『はたかけ』の写真も二代目にねだったんか？」

こちらの顔は見ずに、陶芸家が聞く。

どうやら本物の「はたかけ」が嵐山堂にあることも、つかんでいるみたい。なかなかの調査力。橘志野のことも、調べ上げているかもしれないけれど。

「いいこと教えてあげる。嵐山堂が贋物ビジネスに手を染めるきっかけになったのは、二十年前、樋渡《ひわたり》開花堂に作らせた織部の茶碗」

写真の出所については答えず、もう一枚の切り札を出すと、陶芸家が思わずこちらを見た。

ビンゴ。二十年前に「はたかけ」の贋物を作ったのは、この男で間違いない。

「嵐山堂は二十年前のあなたみたいな若い子たちに贋物をせっせと作らせて、甘い汁を吸ってるってわけ。あの可愛い王子も生け贄《いにえ》みたいよ」

王子と聞いて、陶芸家が小さく反応した。

どう？　だんだん他人事じゃなくなってきたでしょ？

「樋渡開花堂と嵐山堂が、『はたかけ』でつながっていた……？」

道具屋の頭の中で計算が始まっている。もうひと押し。

「この話がバレたら、嵐山堂はおしまい。どう？　わたしと組めば、あいつらを引きずり下ろせる」

「で、あんたの望みは？」

道具屋が聞いた。

「もう一度、あのお茶碗を焼いて」

「焼いて、どうする？」

「すり替えるの。嵐山堂にある本物と」

「二匹目のドジョウをつかまえる気ぃか。打ち出の小槌《こづち》とちゃうで」

陶芸家が口を挟み、軽蔑の目を向けた。

「もちろん、あんな中途半端な出来じゃあドジョウはつかまえられない。今度は本気出してもらわないと」

陶芸家は露骨にムッとしたけど、言い返さない。本人が誰よりもわかっている。彼の本気は、こんなもんじゃない。

だって、一億の茶碗を焼いたんでしょ。

「あんたの狙いは何なんだ？」

道具屋が探るような目で聞いた。

「わたしはお金が好きなだけ」

歌うようにうそぶいてテーブルの会計札を引き上げ、立ち上がると、

「お待たせして、ごめんなさ～い」

華やいだ声を上げ、嵐山と億野が待つＶＩＰ席に向かった。

背中に視線を感じる。道具屋と陶芸家がぼそぼそと何か話している。

きっと、わたしの噂をしている。

性悪だけど、いい女だって。

陶芸王子　牧野慶太

「王子、ええ腕してるわぁ。粘土こねてるからやな」

「あんただけずるい～。私も触らせて～」

大阪のおばちゃんというのは、挨拶みたいに人の体を触りに来る。

慶太は、生まれ育った巣鴨にある、とげ抜き地蔵を思い出す。触ったところのとげが抜けるというご利益を求めて、参拝客が地蔵の頭やら肩やらを撫で回す。あの地蔵になった気分。

「うわ、思《おも》たより、がっちりしてる」

「ええわ～。うちもこの腕でこねくり回されたいわ～」

そう言いながら、おばちゃんたちが慶太をこね回す。これってセクハラなのかなパワハラなのかなと思いながら、「ゆっくり見たってくださいね」と王子スマイルを浮かべて大阪弁で応じる。

いくら触られても、かまわない。慶太を撫で回した分だけファンはお金を落としてくれる。

京都駅前の老舗デパートの美術工芸フロア。「牧野慶太陶芸展」は連日盛況で売り上げも好調だ。七千円の茶碗よりも一万円の写真集のほうが売れているのは、どうなんだろと思うけど。

「野田佐輔は、今ちょうど脂がのっている時期でして」

奥の打ち合わせスペースから聞こえてきた声に覚えがあった。

慶太が進行役を務める突撃鑑定番組「あなたのお宝見せてぇな」で訪問した「古美術　獺」の店主だ。

見ると、美術工芸フロアの主任と獺の店主が向き合っている。その隣に男性がもう一人。

もしかして、あの人が野田さん？

「野田は、この秋の個展では新作を百万でというありがたいお話も頂戴しまして」

やっぱり野田さんだ！

主任は、プロフィールらしいプリントアウトを興味なさそうにめくっている。店主が売り込む声も耳には入っていない様子だ。

「王子、写真撮らせて〜」

おばちゃんが腕を引っ張る。

「もちろん、ええですよー」

と笑顔で応じると、そのやりとりは主任に聞こえたらしく、

「はいはい、私撮りますよー」

張り切って席を立ち、おばちゃんたちからスマホを預かった。

「SNSとかにもドンドン上げちゃってくださいね。陶芸王子のタグつけて」

主任は慣れた調子でバシャバシャ撮りながら、ちゃっかり宣伝する。

この光景を野田さんがどんな思いで見ているのかと想像すると、落ち着かない。

「しもた。写真集持って来て、王子のサインもろたら良かった」

「アホやなあ。せっかく買《こ》うたのに」

「ここでまた買うのん、もったいないしなあ」

王子、王子と呼んでくれるのはうれしいけど、この人たち、ぼくの名前を知らないんだろな。

あのー、「陶芸王子」は愛称ですからね。「陶芸家　牧野慶太」も覚えてくださいね。

「ここにサインしてもらおか」

おばちゃんの一人が財布からレシートを取り出した。

あとの二人が「ええわー」「そらないわー」と同時に言い、笑い転げる。

「お茶碗もよろしく頼みますねー。これでカフェオレ飲んだら、美味しさ五倍ですよー」

笑顔を引きつらせて言うと、

「せや、これにサインしてもらお！」

レシートおばちゃんが売り物の茶碗に飛びつき、あとの二人が「それええやん！」と声をそろえた。

え？　それ本気で言ってます？

「この辺が書きやすいんちゃう？」

レシートおばちゃんは手に取った茶碗を回して、サインを入れる余白を探している。

「さすがにお茶碗は、ちょっと……」

陶芸王子、写真もサインも握手も、基本何でもオッケーですけど、たまにはNG出させてもらいますよ。

「サインあかん？　王子のお茶碗いう印やん！」

あれ？　なんか、違和感……。

茶碗がぼくの印なんだけど。そうなってないってことなのかな。

愛想振りまくのは、嫌いじゃない。それで写真集が売れて、茶碗に興味を持ってくれたらいい。客寄せパンダの陶芸王子ですから。

でも……。

やっぱり、ぼくの作品、つまんないですか。だから写真集ばっかり売れるんですか。

「なんや貧乏臭い匂いがする思《おも》たら」

個展を見に来た嵐山堂の社長が獺の店主を見つけて、近づくのが見えた。

「古美術ドジョウやったかいな」

「獺《かわうそ》です」

傷口に塩を塗り込むような挨拶に、店主がムッとして答えると、

「せやせや。嘘つきのカワウソはんや。ほんでお隣は、同じインチキ穴の狢《むじな》かいな」

今度は野田さんがムッとした。

社長はしつこいし、つけ上がる。ここは、ぼくが助け舟を出さなくては。

「あー！　野田さん、野田佐輔さんやないですかー！」

声を弾ませ、駆け寄ると、

「あんたら知り合いかいな？」

社長が意外そうに言った。

「一方的にですけど。現陶展で奨励賞取られてましたよね？　図録で見て、むっちゃ覚えてます！」

「大昔でっけど」

野田さんがぼそっと言う。

ぼくみたいに簡単にシッポを振ったりしない人なんだな。

「先生、この人ご存じでっか」

さっきまで関心なさそうだったフロア主任がプロフィールのプリントアウトを手に取った。

「いやー、さすがお目が高い。よく勉強なさってますねえ」

獺の店主が勢いを取り戻すと、受賞作の写真をテーブルに出した。

「これです。奨励賞受賞作。『ゆきどけ』と言いまして……」

「うちの王子は大賞もらいましたけど」

獺の店主の言葉を社長が遮った。

あ、気まずい。

全然大したことないんです。億野先生に下駄履かせてもらった大賞ですから
……とはさすがに言えない。

「ほら、王子、こんなとこで油売ってんと、お客さんの相手したって」

社長に背中を押され、おばちゃんたちのところに戻った。

あー、すっごく感じ悪い。なんやアイツって野田さんに絶対思われてる。なんかおかしい。ぼくがデパートで個展やらせてもらえて、野田さんが相手にされないなんて。

道具屋　小池則夫

青山の勤め先の番組制作会社を則夫が訪ねると、制作局に青山の席はなく、編集室にいると教えられた。

機材置き場のような狭いスペースで、青山はパソコンに向かっていた。あごマスクからのぞく表情が荒《すさ》んでいる。

高校時代の同級生。卒業してから四十年経つが、こうして見ると、ずいぶん年を食ったなと思う。お互い様だが。

声をかけるのを躊躇《ためら》って戸口から見ていると、顔を上げた青山が則夫に気づいて、驚いた顔になった。

こんなところを見られたくなかったよな。俺だったらそう思う……。

則夫が同情を寄せた一瞬の間に、青山は態勢を立て直し、

「ちょっとー、アポなし〜？」

いつものお調子者の弾けた口調になった。

「これどう？　しわ伸ばしテープ。社販で二割引になるけど」

モニター画面には、しわ伸ばしテープを目尻に貼った女性モデルが映っている。テレフォンショッピング番組の動画を止めて作業しているようだ。

「借りを返してもらおうと思ってな」

空いている丸椅子に腰を下ろして切り出すと、青山が言い返した。

「返してほしいのはこっちだよ。イカサマ古美術商と同級生ってだけで嵐山堂に嫌われて、このザマだ」

「あれはハメられたんだよ」

そもそも、あの茶碗、「大海原」を則夫は店に出していなかった。

それがなぜあったのか。仕込まれたのだ。

番組放送の翌日、テレビでケチがついたからと大阪のギャラリーのオーナーが佐輔に個展の打ち切りを告げた。そこに絶妙なタイミングで嵐山堂の番頭が現れ、佐輔に写しの仕事を持ちかけた。百万の札束をちらつかせて。

すべては嵐山堂の筋書き通りに運んだことだ。

「青山、本当に知らなかったのか？」

「知ってるわけないだろ。知ってたら、嵐山堂にクレーム入れたりしないよ。俺は則夫にもいい話だと思ってつないだんだから」

青山が口を尖らせる。

こいつなりに同級生をかばってくれたってわけか。

「スポンサーに嫌われたらおしまいだよなー。こないだまで骨董番組仕切ってたのが、若返り商品のテロップ入れだよー。振り幅大き過ぎー」

青山は、「まるで別人！」のテロップを目立たせる効果をパターン違いで試しながら、あくまで明るくぼやいた。

若返り商品というのも贋作師みたいなものだな。そう思うと、則夫は自嘲で口元が緩む。

「おいおい、笑い事じゃないよ」

「お前も被害者、俺たちと同じ穴の狢ってわけだ」

「まあな」

「なあ、俺らと組んで、あいつらにひと泡吹かせてやらないか？」

「吹かせたいねー。ひと泡でも、ふた泡でも」

こいつなら親身になって動いてくれるだろう。

青山に計画を打ち明けた。

嵐山堂にある「はたかけ」を番組に引っ張り出し、佐輔が作った写しとすり替える。ひょんなことから知り合った志野という女が握っている嵐山堂の秘密も暴露する。あいつらに恥をかかせて、本物をせしめてやる。

「あの番組を使って、できないか？」

「ムリムリ。俺もう番組さわれる立場じゃないから」

「何とかならないか。天才プロデューサーって言われたこともあるんだろ？このまま終わっていいのかよ？」

「則夫、昔から人を焚きつけるのだけは得意だったよなー。ていうか、その女、大丈夫なの？」

「何が？」

「どうせ美人だろ？」

「どうせって何だよ？」

「駒野さんに似てる？」

「なんでその名前が今出てくるんだよ？」

そう言いつつ、同じクラスにいた駒野響子の顔が記憶の底から浮かび上がった。

「小池くん、ノート貸して」

笑いかけると、白い頬にえくぼができた。則夫が貸したノートのコピーを、響子は同級生に売りつけていた。

彼女と志野が似ているとしたら、そこに悪意や邪心があることを疑わせない圧倒的な透明感だろうか。


志野にお茶を点ててもらった日のことを思い出す。

堺まで出向いて佐輔を説得した翌日、『はたかけ』を再現してくれる作家が見つかった」という報告を口実に、志野と二人で会った。

「お茶を差し上げたいと思いまして」

志野が指定してきたのは、日本庭園をのぞむ茶室だった。茶を点てる志野の背にある窓の向こうに小さな滝が流れていた。

結構なお点前だった。

「お茶は、長いことやっておられるんですか」と聞くと、

「元々、父が。お道具にも凝っておりました」と慎ましい答えがあった。

「なるほど。それで、幻の織部の茶碗がお手元に」

そうは言ったものの疑問は残った。

よほどの茶道楽でも、重要文化財《じゅうぶん》級の茶碗を個人が所有するのは並大抵ではない。しかも、その家族は茶碗の値打ちを知らず、いくら母親がボケているとはいえ、訪ねて来た道具屋にみすみす騙し取られてしまうとは、管理が甘すぎないだろうか。

そうだ、道具屋。

志野は古美術店ではなく道具屋と呼ぶ。茶道を嗜む人が茶道具専門の店を「お道具屋さん」と呼ぶのは珍しくないが、志野が口にする「道具屋」には、同業者の間で自分たちを指すときに使うような、くだけた響きがあった。

としたら、古美術界隈の関係者なのか……。

なおさら、「高台《こうだい》」も「花押《かおう》」も「織部」も知らないのは、ありえない。あえて素人のふりをしてとぼけていることになる。

一体何のために……？

「父は、不器用で世渡りの下手な人でした。そのせいで、人とぶつかって、傷つくこともあって……キズモノのお茶碗に自分を重ねていたのかもしれません」

亡き父のことを語る志野の言葉が、わざとらしく聞こえてきた。

騙し取られた茶碗をお抱え陶芸家に復元させること、それとあわせて、悪徳道具屋についても調査員に調べさせていることを告げると、

「何から何まで、すみません」

志野は神妙に頭を下げた。その美しい仕草に見惚れた。後ろ暗い事情があるのではという疑念を挟んだら、この人を穢《けが》してしまう。そんな罪悪感さえ抱いた。

「謝らないでください。悪いのは、素人の足元を見る連中です」

そう言いつつも、この人は果たして「素人」なのかという疑問が膨らむのを抑えられなかった。

その日の志野は、藤色の着物に麻の葉絞りの帯と臙脂《えんじ》の帯締めを合わせていた。志野の腹に一物《いちもつ》あるのではと疑い出すと、帯の麻の葉模様の藍色が黒みを帯びて見えてきた。

志野を自宅まで送ろうとしたが、屋敷が建ち並ぶ一角まで来て、「この辺で」と告げられた。

「よろしければ、お母様にご挨拶を」

「母は、とてもご挨拶できる状態ではありませんので」

路地の向こうに志野は消えた。

その先に、志野の住まいがあるのか、認知症の進んだ母親がいるのか、見届けることはできなかった。

案の定、則夫は志野が広げた網に引っかかった。二十年間ほっとかれた補欠とはいえ、「はたかけ」の写しを騙し取られた。

志野は悪びれもせず、あれは則夫と佐輔を試すテストだったと言ってのけ、「合格」した二人に、嵐山堂を引きずり下ろす計画に一枚噛まないかと持ちかけた。

志野の狙いが、未だに見えない。金が好きなだけだとうそぶいていたが、嵐山堂から金を引き出すのが目的なら、もっと手っ取り早いやり方があるはずだ。

たしかに、金には困っているのかもしれない。志野には、ボケた母親はいなかったが、子どもがいた。則夫と佐輔と三人で会っている喫茶店にランドセルを背負った少年が現れ、

「お母さん、おなかすいた」と訴えた。

「息子の晴人《はるひと》です」と志野が紹介し、

「晴くん、これでパン買っといで」

と百円玉を二枚握らせて、去らせようとしたが、

「オムライス食べたい」

少年は、志野の隣に腰を下ろした。

「無理……。オムライスは」

そう言いながら、志野は則夫と佐輔に物欲しげな視線を送ってきた。わざとらしい演技に呆れつつ、則夫がオムライスを大盛りで注文した。

晴人という少年は、朝から何も口に入れていなかったかのような勢いでオムライスをかき込んだ。それを見て、オムライスのおねだりだけではなく、息子ごと芝居を打ったのではないかと思えてきた。

金に困っているように見せるために雇った子どもを、則夫と佐輔がいるところに呼び出す。同情を買うために？　意図がよくわからない。

志野はまだ何か隠している気がしてならない。あの女を信じると痛い目に遭うぞと頭の中で警告音が鳴り、いまりに見せられた不吉なタロットカードの絵《え》面《づら》がちらつく。

「いいんだよ、こっちが利用してやれば」

自分に言い聞かせるように則夫はうそぶく。

志野がつかんだネタに乗じて、野田佐輔の力をあいつらに見せつけてやる。

そのために派手な舞台を用意して、ひと芝居打つ。

志野の計画に乗ることを告げると、彼女は則夫の目をのぞき込んで言った。

「本気になった男の人の目って素敵」

「私はいつでも本気です」と則夫が真面目くさって応じると、

「よう言うわ」と隣で佐輔が呆れた。

俺が本気になるのは、橘志野のためじゃない。野田佐輔、あんたのためだ。

あの番組で語ったことは、俺の本心だ。

野田佐輔の器には、これから百年二百年残る力がある。未来の古美術になりうる可能性を秘めている。

あの番組で、あんたを売り込むつもりだったのに、さらし者にしてしまった。その埋め合わせをさせて欲しい。あんたにおつりが来る形で。

陶芸王子の個展で味わった屈辱を思い出すと、体が震える。

則夫と同じインチキ穴の狢《むじな》だと嵐山に蔑《さげす》まれ、自分よりはるかに力のない陶芸王子がもてはやされているのを見せつけられた佐輔の胸中を思うと、いたたまれない。

「もう、しゃーないねん。モノは関係ないねん今は。うつわは顔で焼くもんちやうけどな。もう俺の出番ないで」
あんな淋しいことは、もう言うな。
あんた、一億の茶碗を焼いたんだよ。あんたの腕は本物だ。
その腕で、あいつらを引きずり下ろしてやれ。

茶碗焼き　野田佐輔

「敵は京都にあり、ということで、野田を京都に呼び寄せました」

堺から運び込んだ作陶道具を並べる佐輔の背中で、カワウソが得意そうに話している。橘志野の前では、こいつは自分を大きく見せたがる。いきりの高校生か。

よう言うわ。おれが自分から乗り込んだんやないかと佐輔は呆れる。

乗り込んだいうたかて、堺から京都まで電車を乗り継いで二時間の距離や。行ったり来たりは簡単やし、堺の自宅の作業部屋のほうが使い勝手もええけど、あいつらがのさばってる京都で作陶したほうが、闘志が燃える。

もちろん、カワウソにも焚きつけられた。

「あいつらが見抜けない『はたかけ』を作って、鼻を明かしてやるんだ。過去の報い、二十年前の野田佐輔を超えてやれ。あんたの敵は昨日の自分だ」

相変わらずよく回る口で、カワウソはまくし立てた。

この男のせいで大口注文の客に逃げられた。個展が飛んだ。茶碗を騙し取られた。それなのに懲りずにこの男と組むことにした。しかも、茶碗を騙し取った女もグルで。

負けを取り返そうとしているアホな博徒《ばくと》みたいやと思ったが、「過去の報い」のみそぎ落としやと開き直った。

「おれの手ぇから始まったことや。おれの手ぇでケリつけたる」

拳を固める佐輔の脳裏に、その数日前に会った陶芸王子の顔が浮かんでいた。

月に二回通っている大阪市内の公民館。佐輔よりずっと年上の親世代の生徒たちを見送り、「生き生き陶芸教室」の看板を片づけていると、

「あの……」と若い男の声が頭の上から降ってきた。

顔を上げると、王子がいた。

「ここで教えてはるんですね」

わざわざおれが教えてるとこ調べて、会いに来たんやろか。なんか魂胆があるんやろかと身構えた。

こんなとこで働いてるんを人に見られたない。とくに、こいつには。

会議机の上に、作陶を終えた粘土台が並んでいた。机の一角には、生徒らがしわしわの手でこしらえた茶碗や湯呑み。この湯呑みで孫とお茶を飲むんやと目を細めて言うおじいちゃんに、そらええですねえ、お孫さんは幸せですねえと相槌を打ち、教えるというよりも話し相手になっている時間のほうが長かった。

「先生、教えるんうまいわあ」

「先生、ずっとここで教えてな」

生徒たちにほめられればほめられるほど、こんなとこで、じいちゃんばあちゃん相手に粘土こねてる場合ちゃうでと焦る。

孫を喜ばせる茶碗や湯呑みに紛れていると、佐輔が作った手本も、その程度に見えてくる。

王子は、くっきりした目鼻立ちを緩ませて、教室を見渡していた。

「うらやましいなあ」

何がうらやましいねん？　イヤミか？

「こんなええ土使わせてもらって、先生の生徒さんたち、幸せですね」

先生言うたかて、ただのバイトやと佐輔は鼻白む。老後の趣味に二時間つき合って、七千円。準備、片付け、交通費込み。生徒の作品を持ち帰って、釉薬かけて、焼いて、納品するんも込み。時給に直したら、コンビニのバイトより割に合わん。

「これ、ここに灰を垂らしたら良さそうですね」

生徒の作品のひとつを見て、王子が言った。

白髪を紫色に染めたおばあちゃんがこしらえた大ぶりの花器。

「うっとこの玄関に前から置いてある器みたいなん作りたいんです」

と見せてくれた写真に写っていたのが古信楽《こしがらき》の名品で驚いた。

灰が降って垂れると良い雰囲気になるよう、器の「正面」を作りましょかと手ほどきした。その意図を王子は一瞬で見抜いた。

あれ？　こいつ、わかってるやん。

「結構やるやん」

相手にせえへんつもりやったのに、ついうれしくなって応じると、王子が乗ってきた。

「ぼく、一応陶芸家ですよー」

張り詰めていた空気が一気に緩んだ。

「これまとめるん手伝いましょか」

生徒が使い残した粘土を見て、王子が言った。

なんでこいつこんな素直やねん。するっと懐に入ってくる。猫みたいなヤツや。

「この感触が好きやったんです。ぼくの手の言う通りに、平らになったり、細《ほそ》なったり、曲がったり……好きなもんだけ作ってられた」

粘土をまとめる手を動かしながら、王子は屈託なくしゃべった。

ああ。おれにもそんな頃があったわ。思い出せんくらい昔やけど。

ふと手を止めて、何の気なしに手のひらに目をやり、傷だらけやなと思《おも》た。

窯から取り出すときの火傷《やけど》の痕やら、鉋《かんな》を握ったタコやら。爪は削れるし、指紋は擦れて消えるし。作陶の年月を刻んだ勲章いうたらカッコええけど、名誉の負傷、ちゃうわ、タダの古傷や。

「どないしたんですか？」

王子が横からおれの手をのぞき込んだ。

「昔は、きれいな手ぇしとったのにな……」

広げた両手を、角度を変えながら見ていると、王子も真似して、自分の手を見た。

「まだまだきれいやな」

思ったままを口にすると、

「もう汚れてます」

初めて聞く、陰りのある王子の声やった。手をじっと見ている目が思い詰めとった。

あのときの王子の顔が忘れられん。

自分にもあんな暗い顔をしとった頃があった。樋渡と棚橋に丸め込まれて、来る日も来る日も贋物を焼いとった頃。

あの頃には、もう戻ったらあかん。写しはもうやらんて決めたんや。それやのに、二十年前に写した織部の茶碗を、懲りずにまた写すことになった。本物に化けさせるための写し、つまりは贋物。

「贋作師から足を洗《あろ》たはずやったのにな」

佐輔がうそぶくと、カワウソが言った。

「贋物を焼くんじゃない。あんたの腕が本物だって見せてやるんだ」

カワウソが本気で言っているのは伝わった。せやけど、しがない道具屋のお墨付きは、世間には届かん小さい声や……。


「織部の茶碗といえば、美濃のもぐさ土《つち》。もぐさは砂質粘土で表面に細かなヒビやザラつき感が作品に残り、そこに釉薬がのると良い風合いが出ます。美濃には顔がききますので、私が極上の土を取り寄せさせました」

佐輔が物思いにふけっている間も、カワウソは絶好調で橘志野にアピールを続けていた。

美濃のもぐさ土を取り寄せよて言うたんは、おれやないか。人のウンチク横取りして、ええカッコしやがって。

「この深みのある黒も、ちゃんと出せそう？」

橘志野が注文をつけると、

「そちらも抜かりなく。織部黒茶碗の黒は、鬼板《おにいた》で決まります。鬼板といいますのは、美濃の土から出る鉱物でして……」

カワウソの説明も鼻の下もどんどん伸びる。

「いくらええ材料そろえても、もの言うんは腕や」

話の腰を折ってやると、カワウソが負けじと続けた。

「『はたかけ』の肝は銀繕いです。普通は漆職人に出すことが多いのですが、うちの野田は、自分でやれますので」

うちの野田て何《なん》やねん？　おれはあんたの下請けとちゃうで。

「佐輔さんの腕にかかっているんだから。よろしくね」

ついでに、この女詐欺師の下請けでもない。あんたに言われんかて、自分のために気張らせてもらいます。

「奥様、ごらいてーん」

うちの息子をたぶらかして結婚式まで挙げたカワウソの娘の声がして、夜逃げみたいに荷物で膨れた康子を連れて来た。

康子が来るて、聞いてへんし。タイミング悪いし。なんで、よりによって、橘志野がおるときに来るんや。話がややこしなるやないか。

「ご無沙汰してます。テレビ見ました。言うといてくれたら録画しといたのに」

康子はイヤミまじりにカワウソに挨拶をかまし、土やバケツや筆を広げた室内を見回した。

「口だけかと思たら、あんた、ほんまにやってるやん」

亭主が本当に茶碗を作るために京都に乗り込んだんか、浮気調査に来たらしい。ますます橘志野と鉢合わせしたらマズいやないか。

康子には橘志野が見えているはずやのに、そこには触れない。それが余計に不気味に感じる。

「これ、あんた好きやろ。それと、寒《さむ》なってきたから、上に羽織るもん」

康子が手に提げた風呂敷包みと着替えの入った袋を差し出した。風呂敷包みをほどくと、半透明のタッパーの中に、いなりの薄揚げの茶色が見えた。

「えーと、どちらさん?」

荷物を渡し終えて身軽になると、康子はようやく橘志野に気づいたふりをした。

「橘と申します。こちらのお茶碗を佐輔さんにお願いしています」

「佐輔……さん……? あんた、そない呼ばれてんの?」

ほら来た。せやからイヤやねん。めんどくさなるねん。

「あー。そういうこと? なんやわざわざ京都に泊まり込んで茶碗作るいうから、やっとまた気合入れてくれた思《おも》てたけど。ふーん。きれいな人やもんねえ」

こいつ、ほんまヤキモチ焼きやねんから……。

そのとき、しもたと気づいた。

康子のいなりの隣に置いてある漆の重箱。あの中に、橘志野が持って来た差し入れが入っている。しかも、よりによって……。

あわてて重箱をどけようとしたが、康子が見つけたほうが早かった。

た。

「きれいなお重」

康子が蓋を開けると、澄ましたように整然と並んだいなり寿司が姿を現した。

まずい、まずいで。

「そちらさんが？」

康子が橘志野を見てから、こっちを見た。

「あんた誰にでも言うてるん？　おいなりさん好きやて」

「誰にでもてわけや……」

「はぁ～、えらいシュッとしたおいなりさん。私の指のほうが太いんとちゃう？　何これ、体型に合わせてんの？　こんなガリガリのおいなりさん、おなか膨れへんやろ」

康子は橘志野のいなりをつまみ、自虐をまじえてイヤミをかました。

「ひと口で食べれるようにと思いまして」

「ちっこいお口やこと。こんなん、なんぼでも入るで」

康子は自棄《やけ》気味に華奢ないなりをデカい口にボンボン放り込む。詰め込んだいなりで、むせて咳き込み、米粒を吐き出した。

どたん、ぐにゃり、むぎゅう、どん。

生乾きの茶碗を台に叩きつけて、壊す。壊す。壊す。

粘土をぶつけても、ぶつけても、康子の顔がちらつく。

康子は、いなりのタッパーのフタを閉め、乱暴に風呂敷に包み直すと、持って来た荷物をすべて引き上げ、床を割るような怒りの足音を鳴らして出て行った。

「康子、ちゃうねん！　ちょう待って！」

おれの話も聞いてやと追いすがると、康子が立ち止まり、振り返った。

「鼻の下伸ばしまくって気色悪い。他にも伸びてるとこあるんちゃうん？」

「ないない！」

「京都行って本気出す言うて、美人に釣られてホイホイ来ただけやん。どこまで腐ったら気ぃ済むん？」

「ちゃうねん！　康子がそばにおったら、おれ甘えてまうやん？　誰も世話焼いてくれんとこで、自分のうつわと向き合《お》うてみたいんや。昔のおれを超えなあかんのや！」

「うわ、キショッ。あんたいつからそんなゲージュツカみたいなこと言うようになったん？」

「お、お前かて、うちが支えたる言うて、自分に酔っとったやないか」

「はあ？　話をネツゾーせんといて。あんたもう帰って来《こ》んでええで。一生ここで売れん茶碗作って野垂れ死んでください」

康子は荷物を放り捨てて行ってしまった。

どたん、ぐにょり、むぎゅう、どん。

この形も違う。おれが作りたい形やない。

「この人、パチモンやめましたんで」

康子の声が聞こえる。

康子、おれ、パチモン作るつもりでこしらえたことはないで。パチモンとして売られてしもただけで。

わかってる。そんなん言い訳や。パチモンこしらえたことに変わりはあらへん。

どん、どん、だん、どん。

イヤや、野垂れ死にはイヤや。

戸口に誰かが来て、灯りをつけた。康子が戻って来たんやろか。人の気配に気づくということは、集中してへん証拠や。あかんなあ。まだまだやなあ。

日の高いうちからずっと粘土こねとったのに、なあんも生まれてへん。あかん、このままやと、ほんまに野垂れ死にや……。

つぶすもんがなくなって、手を止めた。つぶした土の塊《かたまり》を見下ろす。戸口の誰かは、息をひそめ、気配を殺している。

そんなことをするヤツは、あいつしかおらん。

「二十年前よりひん曲がってしもたわ、腕も根性も」

土塊《つちくれ》を見下ろしたまま、背中のカワウソに言うと、

「歪みっていう字は、不正って書くんだよな」

カワウソが言った。

宙に指で「歪」と書きながら話しているのが目に浮かぶ。

「正しくない。不完全。邪道……。あんたも俺も歪んでる。嵐山堂も歪んでる。俺たちとあいつらの歪みは、何が違うんだろな」

ほんま、何が違うんやろな。

同じ穴の狢とちゃうんか。あいつらも、おれらも。

「今のあんたにしか出せない歪みがあるんじゃないか？」

カワウソはそう言い残して立ち去り、つぶれた土塊と落ちぶれた茶碗焼きが残された。

今のおれにしか出せん歪み。そんなもん、あるんやろか。歪みいうたらカッコええけど、おれは、ただひん曲がってるだけかもしらん。

偏屈。鬱屈。卑屈。いや、曲がってるんやのうて、折れてしもてるんかもしらん。

屈折。挫折。骨折り損のくたびれ儲け。思考がフクザツ骨折して、ますます粘土に気持ちが向かん。

イヤや。このままはイヤや。野垂れ死にはイヤや。

茶碗焼きの妻　野田康子

「それがまたきれいな人でな、化粧がうまいんか知らんけど、口も鼻もちっちゃくまとまっててな、顔なんか私の半分ぐらいしかないねん。それは化粧でどうにもならんやん？　指も細《ほっそ》ぉてなー」

太い指でハンバーグだねをねちょねちょとこねながら、康子は延々としゃべる。誰も相手がいなくてもこの調子だが、今日は聞き役がいる。久しぶりに堺の家に立ち寄った一人息子の誠治だ。

誠治は合いの手を打つでもなく、かといってスマホをいじるでもなく、康子の話を聞いている。トイレの臭い匂いを吸収するセラミックの置き物《もん》みたいに、ただそこにいて、母親から垂れ流される愚痴を受け止めている。

思い出しても腹が立つ。冬物の着替えと差し入れのおいなりさんを両手に提げて、堺から二時間もかけて陣中見舞いに行ったら、うちの人はシノとかいう美人に鼻の下を伸ばしていた。

「やる気出して締まった顔になってるんかと思《おも》たら、逆や逆。煩悩《ぼんのう》の蛇口開いとったわ。私になんぼやいのやいの言われたかてぬるま湯ちゃぷちゃぷしてたくせに、美人のためなら瞬間湯沸かし器や。あー美人は燃費かからんでええわー」

自分でも何言うてるんか、何が言いたいんか、わからん。とにかく、なんかしゃべってんと体の中に毒が回って死んでしまいそうや。

「なあ、誠ちゃんどう思う？」

「お父ちゃんはお父ちゃんやからなー」

「そらあの人はああいう人やけど」

わかってる。うちの人に期待した私がアホやった。そういうことやろ？

ハンバーグだねをこねながら、さっきから康子の頭の中に納豆が思い浮かんでいる。それがポコポコとポップコーンのように増殖している。

「納豆がポップコーンて何？」

「え？　お母ちゃんの頭の中読んだん？　誠治あんた超能力者？」

「今お母ちゃんが言うたやん自分で」

また漏れとったんか。ほんま歳行くと頭と口が近《ちこ》なるわ。

納豆の話は、パート先の「肉の松井」の奥さんに聞いた。

次女の亜子ちゃんのダンナさんがチリに転勤になって、亜子ちゃんもついて行って、一緒にチリで暮らしている。日本料理屋も日本の食材を買える店もない田舎町で、月に一度、大阪と東京ぐらい離れた大きい町まで買い出しに行くらしい。

「でっかいクーラーボックス、車に積めるだけ積んで、そこに詰め込めるだけ買い込むんやて。けど、子ども二人も育ち盛りやし、ご近所の駐在仲間さんにもお裾分けせんならんし、すぐなくなってまうんやて。とくに納豆。家族四人毎日食べよ思たら、それだけでクーラーボックスいっぱいになってまうやん？しかも高いんやて。納豆一パックが八百円やったかな。そんならふやそか、いうことになって」

肉屋の奥さんから聞いたその方法は、パックの納豆をふかした大豆と混ぜ、四十度を保って発酵させるというものだった。元の納豆の納豆菌を親にして、納豆の子どもをふやす感じらしい。

その光景を想像した康子の頭の中で、ポップコーンみたいにポコポコとふえる納豆の絵が生まれた。

「一パックの親納豆から十倍いうたかな、子どもの納豆を作るんやて。微妙に違うけど、一応糸も引くし、納豆の味もするんやて」

「肉屋のお嬢さんいうことは、その人も関西の人やろ？」

誠治が口を挟んだ。

「せやで。あんたも会《お》うたことあるやん。亜子ちゃん。あんたより五つ上かな。絵の具セットのお下がりもろたやん」

「関西の人やのに納豆好きなん？」

「せやろ？　私も奥さんに同じこと聞いてん。結婚する前は、亜子ちゃん、納豆食べたことなかったんやて。ダンナさんが東京の人やから食べるようになったけど、そない好きでもなかったんやて。けど、チリに行って、納豆がなかなか手に入らんてなったら、急にどうしても欲しくなったんやて」

「ふうん。ないと欲《ほ》しなるもんなんやな」

「四十度保つん大変らしいで。ずっとそばについてなあかんねんて」

「そこまでして納豆欲しなるん？　関西の人が」

「欲しなるんやて。あの一パックの親からこんなにぎょうさんできたて達成感があるらしいわ」

「チリ納豆。チリも積もれば納豆になる」

「誠ちゃん、あんたおもろいこと言うようになったやん」

ようやく誠治と会話が噛み合ってきたけど、私が言いたいんはこのことちゃうねんと康子は思う。

「どのことなん？」

また漏れてた。

「その親の納豆がな、最初のパックの。あれが、子どもを十倍かなんかにふやした後、どないなると思う？　しなしなになるんやて」

そこまで話して、康子は胸が詰まり、言葉に詰まる。

なんでやろ。肉屋の奥さんに聞いたときも、苦しくなった。その後、思い出すたんび、鼻の奥がツーンとなる。

納豆菌を子どもらに与えて、与えて、しなしなになって、役目を終える親納豆。

あんた、ほんまは、おいしいまま食べて欲しかったんとちゃうん？

ポップコーンみたいにポコポコふえた納豆に囲まれた、しなしな親納豆を思うと、せつなくなる。

しかも、その子ら、親とは微妙に違う納豆の出来損ないや。そんな紛《まが》い物《もん》のために、身を捧げて……。

あんた、それで良かったん？

私は、親納豆に自分を重ねてるんやろか。それとも、紛い物の納豆の写しをこしらえる話から、うちの人のことを考えてしもて、不安に駆られてるんやろか。

単に情緒不安定なだけかもしらん。更年期が始まってるんやろか。

ねちょ、ねちょ、ねちょ。こね続けているハンバーグだねが、手の温度で温《ぬく》もってきている。このままやとハンバーグが発酵してまうわ。

康子が肉屋でパートを始めた頃は、今は機械でこねている看板商品のローストビーフ入りハンバーグを手でこねていた。

「康《やっ》ちゃん、陶芸やってたんやったら、ハンバーグだねこねるんもうまいんと違う？」

と肉屋の奥さんに言われて、ハンバーグ担当になった。

ハンバーグだねをこねていると、大学時代に粘土をこねていた感覚が蘇る。授業で使った粘土の余りを集めたバケツから粘土を拾い出して、お猪口やら小皿やらこしらえた。康子の隣には、同級生だった佐輔がいた。結婚する前のおままごと。

「見て見て。こんなんできた」

「わあええやん」

「次何作ろ？」

思いがけない、たったひとつの形が手から生まれるのが楽しかった。

コピーをこしらえるんがうまい人は、もちろんおる。けど、うちの人は違う。バケツに捨てられた屑粘土から宝石をこしらえる手を持ってる。

あの人の腕に百万出す、言うてきた人がおるんや。パチモンかて百万も出すて、よっぽどやで。その腕で、また一億の茶碗焼いたり。しなしなの納豆になんか、なったらあかん！

ハンバーグのたねをボウルにバシバシ叩きつけていると、誠治が言った。

「お母ちゃん、今度京都で仕事あるから、お父ちゃんの様子見てくるわ」

また思てること漏れてたんか。それとも察してくれたんか。

うちの子、いつの間にこんな頼もしくなったんやろ。ちゃうわ、この子はなんも変わってへん。昔っから好きなことばっかりして、機嫌良うしてる子やった。

「なあ誠ちゃん。ハンバーグで人の顔て作れるん？」

「作れんこともないけど、ひっくり返したら、ぺしゃんこになるで」

ほんまやーと笑うと、誠治も笑う。

「お母ちゃん、笑《わろ》たら目尻のシワすごいなー」

「ほっといて」

「ええシワやー」

「そんな見んといて」

「今度そのシワ作ろ。ちょっと写真撮らせて」

この子がおなかに入ったとき、私は迷わんかった。大学をやめること、陶芸をやめることに、自分でもびっくりするくらい未練がなかった。ああ、私は野田佐輔が粘土をこねるんを見てられたらそれでええんやて気ぃついた。

あのときの気持ちは、ずうっと変わってへん。体型はすっかり変わってしもたけど。

若主人　嵐山直矢

吹雪の海をさすらう船の上で、嵐山は凍えていた。雨具を持たず、雨風を遮るものもない。薄着の下の肌までぐっしょり濡れている。

軽い気持ちで乗り込んだ船があれよあれよという間に沖合へ流された。視界は雪に閉ざされ、どの方角に陸影があるのか、とらえることもできない。

ハワイの海に帰りたいと思う。あったかい海。青い海。陽射しが降り注ぐ海。ビーチボーイズが聞こえる海。波乗りが笑い合う海。

このままどこへ流されてしまうのか。行き着いた先に何があるのか。

風の唸りのような吹雪の音にまじって、低い声が轟《とどろ》く。

「嘘つきは～泥棒の～始まり～」

迫り来るその声から逃れようと、嵐山は船のへりまで後ずさり、追い詰められてのけぞると、暗い海に背中から落ちた。

凍てつく海の冷たさが肌を刺す。冷たい。とても冷たい。とてつもなく冷たい。

目が覚めると、下着が濡れていた。背中を伝った冷たい汗と、それとは別な重みのある湿り気。

下着を取り替え、濡れた布団には戻れず、ソファに横になる。まだ体の震えが残っている。夢で感じた寒さの名残か、別な悪寒《おかん》か……。

けったいな夢、見てしもた。

心当たりはあった。今日届いた、あの手紙。番頭が社長室に届けた嵐山直矢あての郵便物を仕分けていると、見覚えのある封筒がまじっていた。

嵐山堂の先代だった父、嵐山直《ただし》が使っていた特注の透かし入りの和紙封筒。差出人も嵐山直となっていた。筆跡も見覚えのある父のものだった。

親父から手紙？　そんなはずは……。

震える手で封を切り、便箋を取り出して開くと、父の筆跡で「嘘つきは泥棒の始まり」とあった。

嘘つきは泥棒の始まり。泥棒は嘘つきのなれの果て。

その言葉が父の声で脳内再生され、子どもの頃の苦い記憶が蘇った。

クラス替えしたばかりの小学五年の春だった。登校したときは晴れていたのに、下校時に雨が降り出した。

「ぼく、もう一本あるから」

置き傘を差し出してくれたのは、初めて同じクラスになった島崎君だった。

傘を開いて、心ない落書きを見つけた。

島崎君はまだ気づいていないかもしれない。島崎君が見つける前に消そう。消してから傘を返そうと思った。ところが、家に帰って黒い油性マジックで落書きを塗りつぶしたら、かえって目立ってしまった。

黒塗りを隠すために絵を描くことにした。青い傘を海に見立てて、クジラを描いた。

傘の海にクジラを泳がせるのは楽しかった。いいことをしたという恩着せがましい気持ちはなかったが、悪いことをしたとも思っていなかった。

傘を返された島崎君は、ちょっとびっくりしていたが、「クジラや」と笑った。その顔を見て、島崎君は落書きがあったことに気づいていたのかもしれないと思った。

その夜、島崎君の家から電話があった。運悪く父が電話を取った。

「うちの子がお宅のお子さんの傘にクジラの絵を？」

島崎君の家の人は、息子が貸した傘に勝手に絵を描かれたと咎める電話を寄越したのだろうか。実は島崎君はクジラが気に入らなくて、迷惑していたのかもしれない。

「なんで人の傘に落書きなんかしたんや！」

話を最後まで聞かずに電話を切った父に、激しく責め立てられた。

「落書き……ちゃう」

どうしてクジラを描くことになったか説明したかったが、目を吊り上げた父を前にして体がすくみ、うまく言葉にできなかった。

「落書き……最初から……あった」

「人のせいにするんか！　嘘つきは泥棒の始まりや！　泥棒は嘘つきのなれ果てや！」

こっぴどく叱られたその夜、傘を差さずに雨に打たれる夢を見た。大きな雨雲が迫ったかと思うと、それは黒いマジックで描いたクジラだった。

「嘘つきは〜泥棒の〜始まり〜」

クジラの大きな口から放たれたのは、父の声だった。

悲鳴を上げて目を覚ますと、布団が濡れていた。以来、父の夢は雨とおねしょがセットになり、夢の中でも外でも嵐山をみじめに濡らした。

とっくの昔、父よりも体が小さく、何も言い返せなかった頃の話だ。

なんで、この歳になって……。

親父が死んで、もう二十年やで。なんで、いまだに親父の亡霊に追いかけられなあかんのや……。

嘘つき？　泥棒？　なんのことや？　草葉《くさば》の陰におる親父は、なんも知らんはずや。そうやとしたら、誰が一体こんな真似を……？

一番心当たりがあるとしたら、あの男。融通のきかない前の番頭。先代の心を踏みにじったと嵐山を責めながら泣いた面倒な男。

だが、あの男もとっくに死んでいる。

だとしたら、誰が……？　同業者か？　どこから情報が漏れた？　甘い汁を吸っているヤツらは口を割らんはずや。

濡れた布団。誰にもバレんようにどうやって洗って干《ほ》そか。寝酒をこぼしたことにしよか。クリーニング屋に取りに来させよか。

なんでこんなしょうもないことで頭を悩ませなあかんのや。もっと考えなあかんことがあるのに……。

やはり、「はたかけ」を生放送で披露するなどという無茶な話を引き受けるんやなかったと嵐山は悔やむ。

あの内村とかいう調子のいいテレビ屋。クリエイター気取りなのか、打ち合わせの間も奇妙な帽子を頭に載せたままだった。

「会場はー、渉成園《しょうせいえん》を考えていますー。そりゃー国宝級のお宝をお借りするんですからー、気張らせてもらいますよー」

冴えない風体で、顔も話し方も間延びしていた。

「噂じゃーあのツタンカーメンが使ってた器なんかもーお持ちだとお聞きしましたけどー、今回はーこちらをお願いできないかと思いましてー」

内村が見せたタブレットに、あろうことか「はたかけ」が写っていた。場所は嵐山堂の応接室。茶碗の向こうに、番頭のマヌケ面が見えた。

番頭に問いただすと、ロンドンから買いつけに来たというガイジンにどうしてもと拝み倒されて、仕方なく見せたと言う。

そんな話聞いてへんで。こんな写真まで撮らせよって。ほんま番頭が締まりないと苦労するわ。

だいたい、そのガイジン、どこのどいつや？　そいつ、うっとこに「はたかけ」があるて、どっから聞きつけたんや？　そんで、そのガイジンが撮った写真が、なんでテレビ屋に渡ってるんや？

頭が良さそうに見えないのに抜け目ない内村が不気味で、この話は断ろうと思った。だが、「はたかけ」の写真という弱みを握られてしまっている。

億野万蔵に相談すると、答えに迷いはなかった。

「若主人、こないなったら、先手必勝です。嵐山堂に『はたかけ』があるて噂が広まる前に、テレビで堂々と見せましょ」

「けど、もし本物や言うて売りつけた相手に見つかってしもて、いちゃもんつけられたら……」

「心配いりまへん。二十年も昔の話。もう時効です」

「けど……」

「こしらえさせた堺の樋渡開花堂は、都合ええことにつぶれてます。売るんも間に別の会社かましてますよって、うっとこに火の粉《こ》は飛んできまへん」

「そやけど……」

「グラグラしとったら値打ちが落ちまっせ。道具も主人も」

億野のその言葉で腹を括《くく》った。括ったつもりだったが、まだ揺れていた。

最後は、祇園のクラブ「社長室」のサユリが背中を押してくれた。

「前にサユリに幻の織部の茶碗のこと、話したやろ？　今度、嵐山堂の茶会をテレビで生中継させて、あれを披露したろか思てな」

それを聞いたときのサユリの顔がパッと輝いたのを見て、ようやく腹が決まった。

「サユリ、テレビ見たってな」

「できれば、目の前で拝ませていただけたら、うれしいですけど」

そない言うたらサユリは茶名《ちゃめい》を持っているやないかと思い出し、サユリにお点前をやってもらうことを思いついた。

店で会うときは、いつもドレスやけど、着物も似合うはずや。茶会が一気に華やかになる。テレビ映えもバッグンや。打ち合わせにかこつけて、二人で会うこともできるやないか。

俄然、茶会が楽しみになった。

初めてサユリを「社長室」で見たとき、母の顔が思い浮かんだ。

母は茶道の先生だった。いつも着物を着て、ほんのりと練香《ねりこう》の香りがした。茶会でお点前を務めたのを父が見初めたらしい。父よりふた回りほど年下で、並んで歩くと、夫婦というより親子のようだった。

母は長患《ながわずら》いの末に嵐山が中学校に上がる前に亡くなった。歳月とともに父の記憶は苦みを増すが、母の思い出は澄んでいく。

瞼の裏に浮かぶ母は、若いまま、きれいなまま、観音のような微笑みをたたえている。その面差《おもざ》しが、サユリに重なる。

サユリが「社長室」に来てから、嵐山は他のクラブにめっきり行かなくなった。母に甘えられなかった分、年下のサユリに甘える。サユリにほめられたくて、すごいと思われたくて、張り切って仕事の話をする。

「お母ちゃん、見て見て。こんなでっかいカブトムシつかまえた！」

そう言って頭を撫でてもらう少年みたいに。

サユリが応援してくれるから、頑張れる。

お母ちゃんが観音なら、サユリは女神や。

「茶会がうまいこと行ったら、旅行にでも連れてったろか。どっか行きたいとこあるか？」

サユリは少し考え、「海」と短く答えた。

どこの海や？　ハワイがええか？　エーゲ海か？　地中海か？

「どこの海でも。全部つながってますから」

海……。

また夢のこと思い出してしもた。

嘘つきは泥棒の始まり。

何《なん》の話や？　いつの話や？　証拠あるんか？

こんなことでびびってるようでは、あかん。お宝の茶碗をお披露目するだけやないか。もっと自信持って、サユリにええとこ見せたろ。

大丈夫や。大船に乗って大海原に乗り出した気でおったらええ。

僕には女神がついてる。

四

鼬《いたち》

道具屋　小池則夫

「銅鑼息子が銅鑼を叩いているよ」

嵐山堂の若主人が茶会の始まりを告げる銅鑼を叩くのを、則夫は佐輔と青山とともに控え室のモニターで見ていた。

青山の言うことなら何でも聞くという子飼いのディレクター、内村が「お宝一期一会」という架空のCS番組をでっち上げた。その第一回放送で嵐山堂の茶会を生中継するという設定になっている。

会場はしばしば大茶会の舞台になっている東本願寺の別邸、渉成園《しょうせいえん》。番組開始三時間前に機材車と数十人のスタッフが到着し、設営に取りかかった。やっている作業は日頃の番組中継と同じだから、どこにも不自然さはない。

通常と同じように準備して、同じように撮影する。ただ、放送しないだけだ。

梅の蕾がほころびかけた庭を見晴るかす大広間に、茶席がしつらえられている。広間の隣の間に銅鑼が据え置かれ、その前で袴姿の嵐山がバチを構えている。

晴れの日の亭主を務めるというのに、嵐山の顔色はどんよりと暗い。ドウランで隠しきれない目の下の隈《くま》が、連日の寝不足を物語っている。

「お灸が効いたらしいな」

「あいつら、腕だけは間違いないで」

則夫と佐輔がうなずき合っていると、

「お灸って何だよ？」と青山が割り込んだ。

腕以外は間違いだらけの堺の居酒屋「土竜」の偽造文書コンビ、マスターの西田と常連客の表具屋よっちゃんが、嵐山堂の先代からの手紙をでっち上げた。

「死んだ親父から手紙が届いたら、怖いだろ？」

則夫が手紙の捏造を持ちかけると、

「まかしといて。二代目をびびらせてちびらせたる」

「悪いヤツをこらしめるんは、気分がええのー」

マスターとよっちゃんは、いつもの部活ノリで食いついた。

紙と筆跡の見本は志野が調達した。先代が特注で作らせた透かし入りの封筒と便箋。先代の筆跡で書かれた嵐山堂の社是。嵐山に食い込んでいるとはいえ、嵐山に差し出させてはネタが割れる。志野は別ルートで嵐山堂に通じているらしかったが、誰から入手したのかは明かさなかった。

よっちゃんは、見本の封筒を手に取ると、ぺろっとなめ、

「うん。だいたいわかった」

舌で紙を読んだ。

出番のない指物《さしもの》偽造担当の材木屋は、杖をついた先代の肖像写真を退屈そうに見ていた。

「これが嵐山堂の先代かいな。えらいこわそうなオッサンやなー」

「この顔、どっかで……」

マスターが言い、よっちゃんを見た。

言われてみれば、似ている。

「ほんまや。この親父そっくりや」と材木屋もうなずいた。

「うん。死んだ親父に似てるてよう言われる」

天然なのか、受け狙いなのか、よっちゃんはボケて先代の肖像写真をぺろんとなめた。

材木屋が「ほな、これ作るわ」と先代がついていた杖を作ると言い出した。

その杖を今朝、嵐山が来るタイミングを見計らって男子トイレの壁に立てかけておいた。鏡の前に立つと、ちょうど鏡に映り込む位置に。

渉成園の壁のあちこちに仕込まれた「嘘つきは泥棒の始まり」の貼り紙を見て血相を変えた嵐山が這々《ほうほう》の体《てい》でトイレに駆け込んだら、親父の杖がお待ちかねという寸法だ。

「ぎゃあって声が聞こえた。腰抜かしとったで。見てへんけど」と個室に入っていたよっちゃんから現場報告があった。

二回目の銅鑼が鳴った。

あと三回銅鑼が鳴ると、茶会の幕が開く。

銅鑼の音の余韻を聞きながら、顔色の悪い嵐山の頭の中を悪い予感のあれやこれやが駆け巡っていることだろう。何とか無事にテレビ生中継が済んで欲しい。そんな祈りを込めて銅鑼を叩いているのだろうか。

男前な顔が崩れて、今にも泣き出しそうに見える。茶会の最後まで身が持つのか心配になるほどの憔悴ぶりだが、まだまだお楽しみはこれからだ。

「あっちの仕込みはうまく行ってるん？」

佐輔に聞かれて、スマホの画面を見せた。

「さっき写真が送られてきたよ。あんたの息子と先代のツーショット」

「生き写しやないか」

「だよな」

「ちょっとー、二人でコソコソ、ずるーい」

女子高生みたいなキャピキャピしたノリで青山が画面をのぞき込んだ。

「え？　これどういうこと？　合成？　ＣＧ？」

「贋物だよ」

「えーっ。マジ？　３Ｄじゃん！」

青山の大声を目でたしなめたところに足音が近づき、関係者パスのシールをスーツの胸に貼りつけた男が入って来た。素早くスマホを伏せ、男に会釈する。

「どうも。国立古美術修復センター室長の遠野と申します。そちらは嵐山堂のご関係の方で……？」

カッチリしたスーツを着た男は自ら名乗り、初めて見る顔の三人に自己紹介を促した。こちらは名乗るわけにはいかない。

「嵐山堂さんに言葉では言い尽くせないほどお世話になった者です」

神妙にそう告げると、佐輔と青山が深くうなずく。室長はそれ以上立ち入らず、自分の話を始めた。

「実は私、番組で流れるビデオに出るんです。こないだ収録がありまして」

そうですかと相槌を打ちながら、もちろん存じていますと則夫は胸の中で答える。

国立古美術修復センターの紹介ビデオに、室長はたしかに出演している。だが、声は別人。材木屋が吹き替えをしている。室長が聞いたら青ざめるような内容だ。

志野から聞いた古美術修復センターの裏の顔。

嵐山堂の若主人と志野は、祇園のあの高級クラブで偶然知り合ったのではない。おそらく、嵐山に近づき、弱みを握るために、志野はあの店に入ったのだろう。

入念に温めていた計画。そこまでの執念の出所を、則夫はピエールからの報告で知った。

橘志野について調べていたピエールは、かつて嵐山堂を追われた番頭がいたことを突き止めた。先代の信頼が厚かったが、先代が亡くなってしばらくした頃、若主人と対立を深め、嵐山堂を去ったという。

そのきっかけとなったのが、先代の形見の茶碗だった。

あの織部黒茶碗「はたかけ」。おそらく番頭は「はたかけ」の贋物を巡って、若主人を咎め、反感を買ったのだろう。

道具屋仲間からは「愚直で不器用な男だった」という証言があった。志野に聞いた父親像と重なる。うまくなだめて若主人を言いくるめる手もあっただろうが、正面切って正論を吐き、突き返されてしまったのかもしれない。

番頭の名は橘正志といい、娘が一人いたという。

嵐山堂を追われた後、橘の一家は京都を離れた。嵐山堂のある町にいられなくなったのか、よその土地に職を求めたのか。無念と悔恨から心を病んだ元番頭は、娘が成人する前に自ら命を絶ったという。

その娘とは、志野のことではないのか。「はたかけ」は、父の形見の茶碗ではなかったが、因縁の茶碗だったのではないか……。

茶会本番の動きを確認するリハーサルをやった帰り、志野に確かめるチャンスがあった。

「あなた、本当は何者なんですか？」

則夫があらたまって聞くと、志野は言った。

「お金に困ったシングルマザー」

嵐山堂を追われた橘正志という番頭がいたこと、その番頭に娘が一人いたことを話したが、志野はそれが自分であるとは認めなかった。

志野は橘正志から話をそらすようにリハーサルの感想を語った。

「文化祭でロミオとジュリエットやったの、思い出すな。ミョーに性悪なジュリエットやらされて」

志野はまだ芝居の途中なのではないかと思えた。

振り返ってみれば、初めて志野が「古美術　獺」を訪ねたときから、則夫は志野の芝居に巻き込まれていた。

よそ行きの道行を羽織ったあらたまった装いを「形見の茶碗を取り戻したい決意の表れ」だと読み取り、父親想いのけなげな娘さんだと感心した。茶碗を納めたときの着物の孝行縞柄に、亡き父に寄せる娘の想いを感じた。そして、こぼれ落ちた涙の清らかさに、いっときでも疑念を抱いてしまったことを後悔させられた。

見事な孝行娘を演じて、志野は茶碗を騙し取った。

その化けの皮は剥がれたかに思えた。

金になる秘密を握った夜の女サユリ。

だが、彼女には嵐山堂を追われた父がいた……。

としたら、父の無念を晴らそうとする「孝行娘」は、橘志野の本当の姿ということになる。

なのに、志野は正体を打ち明けようとしない。志野と手を組んで嵐山堂にひと泡吹かせようとしている今も、俺は志野が書いた筋書きの中で登場人物を演じているだけなのではないか。真面目になればなるほど、自分が道化になるような気がした。

茶会が始まる少し前、志野の姿を遠くから見た。白の着物に虹色の七宝つなぎの帯と白の帯締めを合わせ、紅が滲む白の帯揚げをのぞかせていた。遠目にも志野の美しさが見事に引き立つ装いだが、見ようによっては胸をひと突きされた白装束を思わせる。

志野の狙いが嵐山堂への復讐だとして、その復讐は何をもって成就するのだろう。因縁の茶碗をせしめたところで、父の無念を茶碗ひとつで購《あがな》えるものだろうか。

志野の胸でこの二十年、埋《うず》み火《び》のように燃えていた憤怒と怨念。何かのきっかけで、その火の粉がはぜ、焔《ほむら》が立った……。

自分がこしらえた写しが追い詰めた父娘のことなど露知らず、作者の野田佐輔にも「はたかけ」から二十年の時が流れた。

則夫の脳裏に焔が揺らめく。「はたかけ」となる織部黒茶碗を焼いた登り窯の焔だ。

燃え盛る窯に佐輔が鋏を差し入れ、急いで茶碗をひとつ取り出した。ピキピキと音を立て、赤い焔の名残を留めている茶碗を水につけて急冷させると、美しい黒が浮かび上がった。

焼き上がった四つの織部黒茶碗は、どれも少しずつ違った。３Ｄプリンターの出力ではなく、人間の手が歪ませているのだから、まったく同じようには仕上がらない。

そりゃそうだよなと告げると、佐輔は言った。

「窯の火ぃがこの形にしたんや」

人間の手が生み出した誤差ではなく、自然が生み出した歪み。作者の意のままに歪ませるのではなく、作者の思惑が届かない歪みを受け入れる。その境地をつかんだ佐輔の顔は晴れやかだった。

いい顔つきになった。茶碗も、佐輔も。

この顔を前に見たことがある。佐輔が悩みもがいた末に利休の「大海原」を見出したときだ。

利休が最後に焼かせた幻の茶碗は現存しない。佐輔は、見ることの叶わない茶碗のありようを想像し、茶碗の内側に鴎《かもめ》が舞う大海原を描いてみせた。しかも、茶と溶け合いたいと願う利休最期の境地として、茶映りが悪いとされる色をあえて選んだ。

翡翠楽茶碗「大海原」は佐輔の解釈と創意が生み出したオリジナルの茶碗ということになるが、その茶碗を佐輔に焼かせたのは利休だ。

今回は現存する織部の茶碗を写す作業だった。だが、嵐山堂にある現物を借りるわけにはいかない。写真と、二十年前に写したときに見た記憶が頼りだった。それを手本に写しを作るのには限界があったが、佐輔は見てくれを似せようとはしなかった。茶碗の歪みではなく織部の歪みに迫ろうとした。

結果として、焼き上がった茶碗は、織部の茶碗の写しというより、野田佐輔の茶碗になっていた。本物の「はたかけ」と並べたら、明らかに別物だ。ともに歪んでいるが、歪み方が違う。しかし、桃山時代の陶工が創ったものと、どちらの歪みが面白いかと問われたら、いい勝負をするだろう。

その織部黒茶碗に、佐輔は自らの手で新たな歪みを加えた。伏せた茶碗に布をかぶせ、たがねと木槌で慎重に叩く。本当に割るんだなと声をかけると、佐輔は言った。

「欠けさせな、『はたかけ』にならんやろ」

割らずに銀繕いだけする手もあると言うと、二十年前はそうしたと佐輔は言った。

「なるほど。二十年経って、やっと火がついたってわけか」

「古田織部に焚きつけてもろた」

佐輔が飄々《ひょうひょう》と言った。

二十年の二十倍の四百年がかりか。遠大な火熾《ひおこ》しだなと笑った。井戸茶碗は小ぶりなほうが見映えがいいからと十字にぶった切って、ひと回り小さく削ってつなぎ合わせる。そんな織部のへうげ《ひょ》た大胆さが、いつの間にか佐輔に宿っていた。

次は、欠けた部分を繕う「銀繕い」の作業だ。

銀を施す前に、破片を漆で器に接着する。漆の匂いは我慢できないほど強烈だったが、佐輔は鼻が詰まっているのかと思うほど平然と、いや、泰然と作業をしていた。匂い以外のことに集中していたのかもしれない。

漆は生きている。乾かすときにはある程度の高い湿度と温度が必要だが、冬場は乾燥していて気温が低いので、とくに時間がかかる。

漆で接着したのち、表面を漆でなぞる。その漆がなぞった際の凹凸が消えて滑らかな状態になった頃合いを見計らって、粉筒《ふんづつ》に入れた銀粉を漆の上から蒔いていく。

粉筒は竹筒の口を斜めに切り落とした鹿威《ししおど》しのような形状で、筒を指でトントンと軽く叩いて少しずつ粉を落とす動きは、鰻に山椒をかけるさまに似ている。

「鰻が食いたくなるな」と冗談めかして佐輔に声をかけてみたが、返事はなかった。

しばらく時間を置くと、銀が沈んで下地の漆がうっすら見えてくる。その銀が漆の表面に浮いて見えるようになるまで銀粉を蒔き続けると、亀裂に沿って銀の筋が現れる。伸びやかなうねりが美しい。繕った跡なのに、デザインされた模様のようにも見える。佐輔にそう伝えると、

「そない割れるように、成形した茶碗にあらかじめ筋を入れといたんや」

後から茶碗を欠けさせたときに、その筋に沿って茶碗が欠け、狙い通りの銀のラインが出るよう仕向けてあったのだという。

茶碗の歪みは佐輔の手と窯の火の合わせ技だったが、端の欠けは、佐輔の手の支配下にあった。

織部は茶碗を繕う「塗師《ぬし》」を召し抱えていたという。最初は使っているうちに割れたり欠けたりした茶道具を繕っていたが、そのうち、わざと割ったり欠けたりさせる「作為」を加えるようになったのではないか。さらに、その作為から逆算して、器を焼く前から疵を仕込むこともあったかもしれない。

織部のやったことを佐輔が追っているように思っていたが、佐輔が今やっていることを織部もやっていたかもしれないと想像すると、別々の時代に生きる「へうげもの《ひょ》」の二人が響き合っているようで愉快だった。

銀繕いを終えた茶碗を四百年老けさせ、ようやく野田佐輔版「はたかけ」が完成した。

茶碗に力がある。志野に最初に納めた二十年前の補欠にはなかった凄み、深み、面白み。樋渡開花堂に頼まれて「はたかけ」を写してからの二十年間の野田佐輔の進化の跡だ。

佐輔は決して足踏みはしていなかった。悪あがきも遠回りも佐輔の力になっていた。いや、佐輔が「歪み」を力に変えたのだ。それが茶碗から伝わってくるのがうれしかった。

茶碗の感想を告げる前に、茶を点て、佐輔に勧めた。「大海原」を焼いたときと同じ儀式だ。

茶碗は茶を点て、飲んでこそ、真価がわかる。茶碗の肌から伝わる茶の温もり。茶碗の口から立ち上る茶の香り。茶碗の口縁《こうえん》から見える茶の色。茶を受け止めて、茶碗は完成する。

佐輔がひと口飲んで、うなずき、茶碗を置いた。こちらを見て、目で勧める。茶碗を引き取り、ひと口飲んで、うなずき、茶碗を置いた。

「この茶碗が、四百年後に誰かを焚きつけるかもしれないな」

カッコええこと言うてと照れ隠しの突っ込みが来るかと思ったが、佐輔は何も言わなかった。黙ってその言葉を受け止めた。

「いずれ評価がついて来るよ。ゴッホも生きている間は絵が売れなかった」

迷いのない目を茶碗に向けて、そう告げると、

「生きてるうちに評価されたいわ」

ようやく佐輔が口を開いた。

「だったら長生きしろ」

作者の寿命は本人には決められない。だが、作品の寿命は作者の腕が握っている。

野田佐輔の「はたかけ」は、間違いなく、俺たちが死んだ後も生き残る。

百年二百年先まで残る器。未来の古美術になる器。

俺はずっと、そんな器を探してきたつもりだ。

番頭の娘　橘志野

四度目と五度目の銅鑼が続けて鳴ったのを聞いて、志野は水屋を出た。正客に出す茶碗を捧げ持っている。茶碗には茶筅《ちゃせん》と茶杓《ちゃしゃく》が納まっている。

渉成園の庭には、父に連れられて何度か来たことがあった。咲きこぼれる梅の前で父と撮った写真が残っている。

建物の中に入るのは初めてだが、水屋と広間の位置関係は数日前のリハーサルで確認済みだ。映画の撮影所のリハーサル室を借りて、本番と同じように動き、流れを体に叩き込んだ。

床にテープを貼って茶会の間取りを再現した「大広間」に、「亭主　嵐山堂」「正客《しょうきゃく》　億野万蔵」「次客　国会議員」「三客　文化庁」「四客　陶芸王子」などと各自の位置が書かれた紙が貼ってあった。

志野が演じる「お点前　サユリ」は、亭主の嵐山から一番近い位置だ。

「正客のお茶のみ、お点前が点てます。次客から後のお茶碗はあちらの水屋で影点《かげだ》てして、お運びさんが運んで来て、出します」

道具屋が「水屋」とテープを貼った一画を指し示してから、茶会が始まる前の動きを説明した。

「点心、といっても中華じゃなくて軽い食事ですね、それをこちらの大広間で食べ終えた後、お客さんにはあちらの待合にはけて、待機してもらいます。その間に、水屋では嵐山堂の茶道スタッフが準備を進めます。ここに志野さんもいます。どの客にどの茶碗を出すかの最終確認をしているところに、マスターが現れ、茶碗の変更を告げる。ここタイミングとっても大事」

マスターと呼ばれた男が、「まかせて」と関西弁のアクセントでうなずいた。胸には「番組スタッフ」と役割を表すシールを貼っている。

「ありえない変更だから現場は混乱するはずです。そこに、放送五分前とプレッシャーをかける。考える隙を与えない。生放送ということを強調して」

道具屋の言葉に番組スタッフ役の男たちとうなずき合った。

本番の水屋は、リハーサル通りに運んだ。

「最初にお出しするのが、こちらの織部黒茶碗、『はたかけ』。次がこちら。そこから先は影点てでお出しします」

茶道チーフが茶碗の最終確認をしているところに、

「すみません。変更があります」

番組スタッフの腕章をつけたマスターが、風呂敷を掛けた籠を運んで来た。

「お茶碗、こちらを出してください」

急な変更に、茶道スタッフが一斉にどよめき、「どういうこと?」「なんで?」と口々に噛みついた。

「嵐山堂さんの気が変わりまして」

マスターが言うと、茶道スタッフが「またぁ?」と声をそろえた。

嵐山堂の茶道スタッフの雰囲気は、嵐山から聞いていた。先代からのスタッフが幅を利かせ、社長の嵐山のほうが気を遣う立場だという。

「ひとつ何か言うたら、十返ってくるねん。すぐ噛みついて怖いねん」

日頃からぼやいては、「サユリ、慰めてぇな」と甘えてくる。嵐山が打たれ弱いことも人徳がないことも、よくわかっていた。

思った通り、茶碗の変更を告げられた水屋で反乱が起こった。

「ほんま、うちの若主人は言うことがコロッコロ変わるんやから！」

「今から変更なんて無理です！」

もめているところに呼び出しの銅鑼が鳴り、水屋はますます混乱した。

「何とかしましょう」

リハーサルで練習したタイミングで志野が呼びかけ、自ら動いた。お点前が音頭を取る形で水屋の混乱をおさめた。

大丈夫。リハーサルで動いた通りに動けばいいだけ。このまま最後まで。

「ここで嵐山堂の紹介ビデオが流れますが、内容はこちらで用意した暴露ものです。おそらく二代目はシラを切るはずです。私が合図しましたら、志野さんのセリフをお願いします。『証拠ならあります。たっぷり聞かせていただきました。耳元で』」

リハーサルでの道具屋の言葉が蘇り、嵐山堂への憎しみが胸の内にたぎる。

認知症の進んだ母から織部の茶碗を騙し取った悪い道具屋……。

道具屋の気を引くための作り話は、すべてが嘘だったわけではない。

母は亡くなる前、志野が誰かもわからなくなっていた。見知らぬ女に盗られてたまるかというように、織部黒茶碗の写真を胸に押し当て、守っていた。

「これ、うちの人がもらい損ねた茶碗。うちの人がぼんやりしているから、あのボンクラ息子に横取りされてしもた。ほんま、お人好しにもほどがある。ほんまはあの店もうちの人が継ぐはずやったのに」

切々と恨み言をこぼす老いた母の中では、「織部の茶碗と嵐山堂」は忠義を尽くした番頭に受け継がれることになっていた。父と先代の間にそんな約束が本当にあったのか、母の妄言だったのか、確かめるすべはなかった。

茶碗の写真とやりきれない想いを家族に遺して、不器用な父は逝った。吸い込まれるようにホームから線路に落ちたという目撃者の証言があった。父は誰かに背中を押されたのではなく、自ら死を選んだ。

父が仕事でしくじったのは知っていた。先代の跡を継いだ息子に楯突《たてつ》いて、嫌われて、嵐山堂を追われたと。父は何も言わなかったが、志野の耳には届いていた。

嵐山堂に捧げた人生を否定された父は、空っぽになってしまった。その空洞に無念と悔恨を抱えて生きて行くことは、死よりも辛いことだったのだ。

あの茶碗の写真を、父はどういうつもりで所持していたのだろう。告発でもするつもりだったのか、先代への不義理を忘れないための戒めだったのか。

父が母に託したとは思えない。どこかに眠っていたのを何かの拍子に母が見つけ出し、記憶の底に沈むはずだった悔恨に再び火をつけた。

その火は、母の死とともに消えたものだと思っていた。

あの男の顔を見るまでは。

母の一周忌を終えた頃、何気なく見ていたテレビに嵐山堂の若主人が映っていた。

「あなたのお宝見せてぇな」

父を追い詰めた男が、何事もなかったかのように能天気におちゃらけていた。出演の素人をバカにしたようにからかい、古美術のウンチクを知ったかぶって語っていた。

えらそうに。お茶碗のことなんか、なんも知らんくせに……。

悔しさがこみ上げた。許せない。この男のせいで、父は死んだのに、こいつはのうのうとテレビに出て、へらへら笑って……。

それから嵐山直矢のことを調べた。行きつけのクラブが祇園にあることを知った。

遠ざかっていた故郷に、二十年ぶりに戻った。

「かつて嵐山堂に先代の信頼が厚かった番頭がいました。道具屋の間でも評判の目利きで義理堅い方だったそうですが、先代の息子が跡を継いで一年ほど経った頃、突然嵐山堂を去っています」

茶会のリハーサルの帰り道、道具屋が「嵐山にいた番頭」のことを言ってきた。いずれ調べはつくだろうと思っていたから、驚きはしなかった。

「悔しくて、やりきれなくて、でも、どうすることもできなくて……先代への申し訳なさと自身の不甲斐なさを嘆き、命を絶ってしまった……その方には、娘さんが一人いたそうです」

そう言って、こちらの反応をうかがった。黙っていると、道具屋は続けた。

「苦労されたでしょうね。遺されたものと言えば、織部の茶碗どころか、茶碗の写真と父の無念……」

「……名前も、父がつけてくれた……」

何も言わないつもりだったのに、つい口をきいてしまった。

志野。

その名を呼ぶ父の声が、好きだった。

「志野焼《しのやき》の志野……？」

道具屋が言った。

そう言えば、初めて彼の店を訪ねたとき、ここに連絡先をと差し出された紙に氏名と電話番号を書き入れた。その名前を見て、

「志野焼の志野ですか？」

彼はそう聞いたのだった。

お茶碗のことは何も知らない素人のふりをして、とぼけていると、

「いいお名前ですね」と彼は微笑んだ。

この人は、最初から橘志野という依頼人の正体を見破っていたのだろう。お点前を見るまでもなく、気づいていたのだろう。志野と名づけるような親を持つ娘が、古田織部を知らないのは不自然だと。何もかもお見通しだ。

それでも突き放さなかったのは、嘘の中にある真実を見抜いていたということだろうか。

この人なら一緒に受け止めてくれるかもしれない。わたしが一人で抱えてきた苦しみを、やりきれなさを、眠れない夜を。溜めてきた何もかもを今ここでぶちまけて泣けたら……。崩れ落ちそうな衝動に駆られるのを、踏みとどまった。

わたしは、性悪なジュリエット。

同情を買って茶碗をせしめて、ネタを提供して悪巧みの片棒を担がせる。嵐山堂にコケにされた道具屋と陶芸家の屈辱を利用して、あの男からふんだくってやりたいだけ。

大事な本番前に泣いたりしたら、目が腫れちゃって、お点前が務まらなくなるじゃない。そしたら、せっかくここまで積み上げてきた計画が水の泡。

「お話としてはありがちね」

うそぶいてヒールの靴音を響かせ、道具屋に背を向けて立ち去った。

いよいよ、幕が上がる。

一礼し、大広間に入る。銅鑼を叩いていた嵐山直矢が続いて入り、亭主の位置に座ったのを背中で聞いた。

サユリ。

震えるようなかすれた声で彼に名前を呼ばれた気がした。

そんな女、どこにもいないのに。

茶碗焼き　野田佐輔

渉成園の境内に鳴り渡る銅鑼の音が、戦いの火蓋を切るゴングのように聞こえる。佐輔は武者震いする思いでパイプ椅子に座り直し、目の前のモニターを見つめる。

嵐山堂が亭主の位置に座っている。向かいの正客の位置に億野万蔵がいる。大海原やのうて大嘘ボラ。二匹目のドジョウ。嘘つき穴のムジナ……。よう好き勝手言うてくれたな。茶会というリングに、あんたらを沈めたる。

「新番組『お宝拝見一期一会』、第一回は京都嵐山堂さんのお茶会にお邪魔して、生中継でお送りします。見てください。広間の目の前は、見事なお庭です。本日はこちらで幻のお茶碗がお披露目されるそうです」

モニターの中でレポーターの女の子がハツラツとコメントしている。丸顔で健康的で、好き嫌いせず何でも食べそうで。出会った頃の康子に似てると言ったら、買いかぶりすぎやろか。

康子とは、橘志野とのいなり対決以来、会っていない。電話は、ずっと留守電。メールにも返事はない。

まだ妬いてるんか。アホやなあ。おれが相手にされるわけないやないか。

その橘志野がお点前を務めている。

モニター越しでもわかる、ええ女や。カワウソがのぼせるのもわかる。嵐山堂と億野万蔵も入れ込んでるらしい。

けど、おれの好みやない。康子を見てるほうがおもろい。

おれは今、あの女を見てるんやない。あの女が茶を点ててる茶碗に興味がある。

モニター越しに二十年ぶりに対面が叶った因縁の茶碗。

二十年前、樋渡開花堂が嵐山堂から借りた実物を見て、写した。モニターのある控え室を出て十数歩のところに、その茶碗がある。幻の織部の茶碗、「はたかけ」。茶会のドサクサに紛れて、おれがこしらえた写しとすり替える計画になっている。

因果やなと佐輔は思う。

長かったで。二十年。

橘志野が茶を点て終える。嵐山堂が茶碗を取り、正客の億野万蔵に出す。

「これはっ」と億野がのけぞるように反応する。

「反応しすぎだよ」と隣でカワウソが冷ややかに見ている。

ほんまやと佐輔もうなずく。

名物に圧倒された感じを出したかったんやろけど、あれではまるでコントや。初めて茶碗を見た猿やあるまいし。テレビ受けを狙って大げさにアクションする癖がつくと、茶会ではマヌケになるんやな。

億野はウンチクを語りたくなるのをこらえ、作法に則って茶を飲む。ずずっと音を立てて茶碗の底に残った茶を啜ると、肘を畳につけ、低い位置で茶碗を回し、愛でる。

「これはこれは見事ですなー。古田織部が愛蔵し、本阿弥光悦が所持した幻の織部黒茶碗、銘『はたかけ』ではございませんか」

「はい、先代の形見です」

「はあーっ。嵐山堂さんがこんな逸品をお持ちでしたとは」

「いやいや、わざわざひけらかすものでもございませんので」

台本に用意してあるセリフをかわるがわる読み上げるような、正客と亭主のわざとらしいやりとりが続く。

国会議員の野島なんちゃらと文化庁の文化財部長が「ほほう」という顔をして聞いている。その隣の陶芸王子も丸い目を見開いて茶碗を見ている。

なんでやろ。なんや茶番臭い。本物の茶碗、すごい茶碗と持ち上げれば持ち上げるほど、嘘っぽくなるような……。

テレビを意識してるせいやろか。そのテレビが嘘っぱちなんやけど。

まあこれはどうでもええ。問題は次や。次の茶碗や。それを見て、嵐山堂と億野万蔵がどう反応するかや。

佐輔はモニター画面に目を凝らす。茶を点てた次客の茶碗を水屋からお運びさんが運んで来て、次客に出す。

なんも知らん亭主の嵐山堂が茶碗を見て、ギョッとなった。

正客の億野も見て、目をむいた。

国会議員も文化庁も陶芸王子も、えっと驚いた顔になり、正客と次客の茶碗にせわしなく目を行き来させる。何事や、どういうことやと茶席がざわつく。そら驚くわな。正客に続いて次客の茶碗も「はたかけ」が出た。一つしかないはずの嵐山堂の秘蔵の茶碗が、なんでもう一つあるんやてなるわな。

上出来やないかとモニターの前で佐輔は満足げにうなずく。

どうや。おれがこしらえた「はたかけ」。ようでけてるやろ。

ここまで来るのにえらい難儀した。「大海原」のときも難儀したが、「はたかけ」はそれ以上に手こずった。

昔写したことがある茶碗やのに。いや、せやからこそ。

「あんたの敵は昨日の自分だ」

カワウソが励ますつもりで放った言葉が手枷《てかせ》になった。

昔の自分を超えなあかん。けど、今のほうがハードルが上がってる。昔は実物を見て真似できたけど、今回は実物が手元にない。平面の写真を見て立体の茶碗をこしらえて、昔より似せるて、そら無茶やで。

「見てくれは似せなくていい。織部の歪み、織部の凄みに迫ればいい」

カワウソが口で言うんは簡単やけど、織部の歪みて何やねん。

利休の「大海原」を自分の手でたぐり寄せたように、ひたすらこねて作って壊して歪みをつかむしかなかった。

その利休の茶碗をでっち上げのオークションにかけたときのカワウソの演説が、佐輔の頭の中を巡っていた。

「利休の生き方は、大海原を舞う鴎《かもめ》そのものでした。しかし、秀吉に近づくほど、利休はがんじがらめにされて身動きが取れなくなった。切腹によって秀吉の呪縛から解かれることになったとき、利休はこれで鴎になれると思ったのではないでしょうか。その鴎の帰る場所が、この茶碗なのです。執着の鬼、利休の底なしの無念を受け止めるわたのはら。生涯最後の茶碗は、誰もたどり着くことのない大海原でなければならなかったのです」

そんな史実、どこにも書いてへんやないかと棚橋清一郎が難癖つけると、

「この茶碗に書いてあります」とカワウソは言ってのけた。

「棚橋先生には聞こえませんか。京の都に散った利休の命のひとしずくが帰

る大海原を作らんとして、死にもの狂いで土をこねた、陶工の鬼気迫る叫びが！」

あのとき、千利休の話をしながら、カワウソは野田佐輔の話をしていた。

今度は死にもの狂いで織部の歪みをつかめとカワウソは言った。

「織部は、人の真似事ではなく、違うことをせよという利休の教えを忠実に実行した。利休が徹底して作為を削《そ》ぎ落とした結果生まれた静謐《せいひつ》。それを打ち破るような動的な破調の美に織部はたどり着いた。茶の湯の数寄《すき》を重んじた利休の教えを愚直に守ったからこそ、織部の歪みが生まれたわけだ。その歪み、今のあんたにになら、つかめるはずだ」

そない言われたかて……と途方に暮れた。

昔の陶工は命がけで茶碗をこしらえた。将軍を喜ばせたら褒美が出るけど、気に食わん代物を焼いたら首をはねられる。その時代に比べたらぬるいぬるい現代に生まれてきて、昔やったらとっくに死んでた歳までのほほんと生きてきたおれに、土塊《つちくれ》からもうひと花咲かせてみぃて……。

どこまでが自分の手でどこからが粘土なんかわからんくらい手と土がぐちゃ

ぐちゃになった。時間も日付もぐちゃぐちゃになって、昼と夜もわからんようになった。

歪み。歪み。歪み。

粘土よりもおれのほうが歪んでいってるのとちゃうか……。

横からヌッとゾンビが顔を出して、催眠術から覚めたみたいに手が止まって、手と土が離れた。

今、昼か。ここ、京都か。これ、ゾンビか……。

目と感覚が慣れてきて、ようやく、うわあって声が出た。

「お父ちゃん。僕や」

ゾンビの正体は、マスクをかぶった誠治やった。

「なんや誠治。頭おかしなってゾンビの亡霊が出たんかと思《おも》たやん。ノックぐらいせんかい」

「ドアないし。ていうか、さっきから何遍も呼んだんやけど」

声をかけられたのに気づかんかったんか。そんだけ入り込んでた、いうことか。

「お父ちゃん、また、ちょっとだけカッコようなったな」

「ほめても何《なん》も出ぇへんで。お母ちゃんに言われて、見張りに来たんか」

「仕事や。京都の撮影所。去年あたりから急にゾンビ映画ふえたんや」

けったいな化粧にはまりよってと思《おも》とったけど、それが仕事になるとは期待してなかった。大ヒットしたゾンビ映画にあやかろうと、二匹目三匹目のドジョウ狙いのゾンビ映画が次々作られているらしい。

「お父ちゃんみたいに好きなもん作り続けとったら、仕事来るようになったわ」

ずっとうつむいてピンセットをちまちま動かしてたと思《おも》たら、ちゃんと親の背中見てくれてたやないか。何時間も飽きんとジオラマを作っとった集中力と忍耐力を、今はマスクに注いでいる。

親バカかもしれんけど、誠治が作ったマスクは、よくでけてる。

「お父ちゃん、ぼくな、トム・サビーニになったんねん」

何やそれと聞いたら、特殊メイクの神やと言った。

ほな、その神超えたれと言うと、

「初めてお父ちゃんにほめられたわ」

誠治が照れた。

初めていうことないやろと言い返したけど、初めてやったかもしらん。

「お父ちゃん、これ何？」

誠治が蹴《け》ろくろに目を留めた。今まで陶芸になんか全然興味示さんかったのに。

手やのうて足で蹴って回すろくろやと言うと、

「おもろい顔してる」

おもろいこと言う。蹴ろくろにも顔があるんかいな。

やってみるかと使い方を教えた。中心をブレさせんと回すことが大事やと言うと、中心てどこなんと誠治が聞いた。

「中心は一個しかない。中心いうたら真ん中や」

「どこが真ん中？」

「口で説明するんムリや。自分で見つけんかい！」

誠治が「真ん中〜真ん中〜どこや〜」と、どっかにある真ん中に呼びかけながら蹴ろくろを回した。

「あ、ここや。見つけたで。蹴ろくろの真ん中」

さすがおれの息子や。筋がええ。

「真ん中～真ん中～どこや～」

「真ん中もう見つかったんちゃうん？　何の真ん中を探しているん？　自分の真ん中なん？」

そう言って、おれの真ん中はどこにあるんやろかと思《おも》た。

働きもせんと兵士のジオラマばっかし作っとった誠治は、世間から見たら、はみ出し者《もん》やったんかもしらん。けど、芸術の世界では、はみ出した者《もん》勝ちや。

はみ出したとこが、誠治の真ん中なんやろな。

そう考えると、織部が茶碗をひん曲がらせたんも、わざと割ったんも、奇を衒《てろ》たんやのうて、たどり着いた織部の真ん中がその形やった、いうだけのことなんかもしらん。

それにしても、おれの茶碗できすぎやないかと茶会に心を戻して佐輔は感心する。

正直、正客に出す本物の「はたかけ」とは明らかに別物になるやろと思《おも》てた。カワウソに言われたように、見た目がそっくりやなくてええ、織部の歪み、凄みに迫れたらそれでええんやと。

ところが、フタを開けたら、よう似てる。瓜二つやないけど、同じ親から生まれたきょうだいみたいに。

織部の茶碗の遺伝子、DNAを受け継いだ、いうことやろか。

ほんまやったら嵐山堂が「なんで紛《まが》い物《もん》が混じってるんや！」て怒り出すか取り乱すかするはずやったけど、どっちが本物でどっちが紛い物なんか区別がつかん茶碗が並んだ。

ひょっとしたら、二十年前に樋渡開花堂に作らせた贋物が紛れ込んだんやないかと嵐山堂は肝を冷やしたかもしらん。二十年前に実物見て写したときよりも、写真見て写したほうが似るて、我ながら腕を上げたやないか。

あの織部の茶碗、「はたかけ」を「はしかけ」と呼ぶ説があるらしいとカワウソから聞いた。

カワウソは学芸員から聞いたという。

おれとカワウソが利休について調べていたときに堺の行く先々で現れた、田中四郎とかいう利休の追っかけ学芸員。あの男が京都の古田織部美術館にも現れ、カワウソをつかまえて延々としゃべり倒したらしい。

織部の「はたかけ」という茶碗を知っているかとカワウソが聞くと、初めて質問してくれたと学芸員は大喜びしたが、

「その名前では織部の心は伝わりません。私は、『はしかけ』と呼びます」

と言ったという。

そんな説は聞いたことがないとカワウソが言うと、

「誰がなんと言おうと、『はしかけ』は『はしかけ』です！　知っている人は知っています。利休の鴎と同じです！」

学芸員は唾を飛ばして言い張ったらしい。相変わらず過剰に熱かったとカワウソは苦笑していた。

はしかけ。

そっちのほうが、ええ名前やないか。

古田織部から橋かけてもろて、これやという茶碗が焼けた。

おれは誠治に橋かけられたやろか。

茶碗の写しの次は、先代の写しの出番や。カワウソが「踏みにじった」と言うのを合図に、嵐山堂の先代に化けたよっちゃんが現れて、嵐山堂をびびらすことになっている。そのマスクを誠治がこしらえた。

マスクの上に石膏で固めてあるけど、突貫工事やから、まだ固まりきってない。よっちゃんには、なるべく顔を動かさんようにて伝えてあるけど、どこまで自分の役の重要さがわかってるやろか。

モニターの中で、茶を点てた三つ目の茶碗をお運びさんが運んで来る。これまた、おれのこしらえた「はたかけ」や。

そのお運びさんが一瞬、康子に見えた。幻まで見えてまうほど会いたいんか。相当重症やな。

ちゃう。幻やない。どう見ても康子や。

ほんまもんの康子!?　なんで康子が茶ぁ運んでるねん！

陶芸王子　牧野慶太

もうすぐ幻の織部の茶碗を拝めると思うと、慶太は茶会前に出された点心が喉を通らなかった。

この日のために、あらためて古田織部のことを勉強した。

歪み。面白み。深み。ほとばしり、はみ出す勢い。慶太に足りないものを、織部は持っていた。

そして、あの人も持っている。

野田佐輔。

あの人は、ぼくみたいに資料を当たって織部のことを調べたりはしないんだろうな。理論で学ぶ人じゃない。感覚でつかむ人だ。

織部はこういう人なんだろうなと時代を超えて通じ合える。あの人なら。

ぼくがどれだけ本を読んでもたどり着けない境地。

牧野慶太と古田織部の間には四百年の隔たりがあるけど、野田佐輔はそこを飛び越える。わかるわかると感覚でつながり、切り結んでしまう。

嵐山堂秘蔵の幻の織部の茶碗についても、もちろん調べた。織部黒茶碗、銘「はたかけ」。戦前の売立目録に載っているのが最後で、所有者は不明となっていた。戦時中のどさくさに紛れて、どこかの個人が所有していたものを、嵐山堂の先代が譲り受けたのかもしれない。

先代が亡くなった後は、今の社長が受け継いだ。ひけらかすのが大好きな社長が、そのような茶碗を長い間隠していたことが引っかかる。

なにか、訳ありなんだろうか。

もしかしたら嵐山堂にあるのは贋物なのかもしれない。形見の茶碗を金に換えて、贋物を手元に置いておく。社長ならやりかねない。

だとしたら、贋物の茶碗をテレビに出す理由は何だろう。億野万蔵に「本物」と言わせ、お墨付きを動かぬ証拠にしようという魂胆だろうか。たとえ贋物でも、億野先生が「本物」と言えば、本物になる。

あるいは、茶碗は本物だけど、先代が入手したいきさつがいわくつきで、あまり大っぴらにしたくなかったとか。

本物なのか、贋物なのか。茶碗の本性は、茶会の席で明らかになる。ぼくの目で見て、わかるだろうか。本物なら、それだけ力を持っているはずだけど。

慶太は古田織部美術館を訪ね、織部の器の顔を目に焼きつけた。写しばかりをやってきたせいで、器の顔を覚えるのは得意だ。一度見た器は、写真を撮ったように覚えている。

織部について語りたくてたまらなさそうな学芸員が、慶太に張りつき、噴水みたいに勢い良く言葉を放ち続けた。

「織部は、『へうげもの《ひょ》』や『やきそこなひ《い》』と呼ばれる歪みや疵《きず》のある作品を面白がる異端児でしたが、実に義理堅い男でした。秀吉によって利休が切腹させられた後、利休の茶の湯と心を受け継ぎました。鴎《かもめ》が利休を我が友と呼んだことを、欠伸《あくび》と書いて『欠伸稿《かんしんこう》』に記した江月宗玩《こうげつそうあん》。その師匠である大徳寺の春屋宗園和尚《しゅんおくそうえんおしょう》の語録を集めた、ひとつ黙ると書いて『一黙稿《いちもくこう》』、その中で、織部の黄金のように光り輝く才能を誉め称えています。《丈夫《じょうぶ》の膝下《しっか》、光を放つ処《ところ》。屑《いさぎよし》とせず、分かり呈《てい》する麗水《れいすい》を奇とするを！》」

織部は義理堅い男だったのですかと尋ねると、学芸員は待ってましたとばかりに勢いづいた。

「千利休から弟子の古田織部と細川三斎《ほそかわさんさい》、さらに織部の第一の弟子の小堀遠州《こぼりえんしゅう》にかけて、わび茶と呼ばれる茶の湯が大成されるまでを奈良の豪商茶人松屋が代々書き記した『茶道四祖伝書《ちゃどうしそでんしょ》』、その中の『利休居士伝書《りきゅうこじでんしょ》』で、織部と三斎を比べて評しています。利休は、茶の湯は作為を働かせ、人と違うやり方をしなさいと弟子たちに説いた。織部は師匠の言いつけを守り、師匠の作法をはみ出す創意工夫をこらしたが、三斎は師匠の作法をそのままなぞった。だから、茶人としての名は上がらなかった。そういうんです」

細川三斎とは、肥後《ひご》細川家初代、細川忠興《ただおき》のこと。織部と並んで利休の弟子の七人衆、「利休七哲《りきゅうしちてつ》」の一人に数えられると説明が続いた。

三斎は、同じく武人だった織部よりも武名は上げたが、茶人としては織部に及ばなかった。

その差は、小さくおさまったか、型を破ったかの違いらしい。

陶芸王子の名前が売れても牧野慶太の名は覚えてもらえない不甲斐なさが、三斎に重なった。三斎が織部に抱いた嫉妬と羨望が、わかる気がした。野田佐輔を追いかければ追いかけるほど、自分との違いを突きつけられ、到底追いつけない存在なのだと気づかされる。

織部のことを考えていると、いつの間にか野田佐輔につながる。

そのせいなのかどうか、茶会で「はたかけ」が現れた瞬間、野田佐輔の顔が思い浮かんだ。

本物か贋物かを見極めようとしているのに、余計な情報、雑念だ。

お点前が茶を点てる手元に目を凝らしても、古田織部美術館で見た織部のうつわは浮かんで来ないのに、なぜか野田佐輔の現陶展奨励賞受賞作の「ゆきどけ」が浮かぶ。

もしかしたら、この茶碗は……？

二つ目の茶碗が運ばれて来て、確信した。

これは野田さんの作品だ。

この茶碗だけじゃない。一つ目の「はたかけ」も。

一つ目の茶碗を前にした正客の億野万蔵は感動を全身で表し、嵐山堂さんがこんなお宝をお持ちでしたとはと褒めちぎった。

そのときは「はたかけ」が本物だと信じて疑わなかったはずだ。

だが、二つ目の「はたかけ」が出てきたのを見て、ギョッとした顔になった。しまったと目が覚めたのではないか。

二つ目が贋物で一つ目が本物。そんな単純な話じゃなかった。一つ目も二つ目も嵐山堂に眠っていたお宝の「はたかけ」とは別物だと気づいた……。

主役の茶碗が贋物にすり替えられるなんて事態を、まったく想定していなかったのだろう。

社長となあなあでつきあっているうちに目が曇ったのか、焼きが回ったのか。元々その程度の目利きだったのか。

そう言えば、億野先生は朝から浮かれていたと慶太は思い返す。番組司会の結城マリの連絡先を聞き出し、今度食事でもとしつこく誘っていた。会ったばかりの司会を生中継の本番前に口説くなんて、緊張感がなさすぎる。

「あの人どういう人？」

以前バラエティ番組で一緒になったマリに聞かれ、そういう人だよと答えた。億野万蔵の興味は、嵐山堂の秘蔵の茶碗とは別のところに向いていたというわけだ。

もっとも、マリはマリで、社長に色目を使っていた。相手を選んでいるだけなのを慶太は知っている。

続く三つ目、四つ目の茶碗も「はたかけ」だった。これも同じ手、野田佐輔が作ったとすぐにわかった。

よく見ると、ひとつひとつ微妙に違うのだけど、四つが少しずつ違うことで、ひとつだけ仲間外れを選べと言われても、決定的なひとつが見つけられない。つまりは紛らわしい四つの「はたかけ」が並んでいる。

「わースゴイ！　国宝級のお宝がザックザク！　さすが嵐山堂さんです！」

マリは妙なハイテンションで生中継のアクシデントに対応している。

国宝級のお宝ザクザクはまずいんじゃないかなあと心配になるが、何とかコメントでつなごうとする根性はエラい。自分が司会だったら何も言えなくなって進行を止めてしまっているかもしれない。

ディレクターがスケッチ帳に「バカ！」と書き殴って掲げるが、パニクったマリには見えていない。ディレクターはスケッチ帳を一枚めくり、「ＣＭ」と書き殴って掲げ、カメラマンがカメラを止めた。

「ＣＭ入ります！」とアシスタントディレクターが声を張り上げ、生中継の緊張がほどける。

メイク係がマリの汗を拭き、メイクを直す。アイメイクがにじむくらいマリは汗をかいている。

「嵐山さん、ちょっとこれどうなってるんですか？」

ディレクターに詰め寄られて、社長が噛みつくように言い返す。

「こっちが聞きたいわ！　国宝級のお宝がいくつもあるて、おかしいやろ！」

「ですよね」と割って入るように獺の店主が現れた。

「ひとつしかないから値打ちがある。同じものがいくつもあると価値が下がってしまいます」

なんでここにドジョウがおるんやと社長が噛みつくと、獺の店主は胸に貼った関係者パスを指差した。

「幻の織部の茶碗を拝ませていただきに来ました」

見学者はこっち来ちゃダメですよとディレクターが追い返そうとするが、獺の店主はひるまず、話を続ける。

「で、どれが本物の『はたかけ』なんでしょうか」

「そらもちろん。これや」

最初に出した正客の茶碗を社長が指した。

「億野先生、いかがですか」

獺の店主が今度は億野万蔵に聞いた。嵐山堂のお抱え鑑定家の目を試して、面白がっているように見える。

億野万蔵が自分の前の正客の茶碗を手に取り、唸るように言った。

「はたかけ……」

「それはわかってます！」

社長がイライラして怒鳴った。

社長はまだ気づいていない。「本物」が出ていないことに。

億野万蔵が膝で移動して、次客の茶碗を手に取った。

「はたかけ……」

さっきより声がかすれている。続いて三客、四客の茶碗を順に手に取り、

「はたかけ……はたかけ……」

うわ言のように繰り返した。

そう言うしかない。

「どれも本物に見える。この作者の腕は本物だということですね」

獺の店主が勝ち誇ったように言った。

「あんた、何が言いたいんや？」

社長が興奮するほど、獺の店主が落ち着いて見えた。

「堺で永らく商いをしていた樋渡開花堂という道具屋が、二十年ほど前、嵐山堂さんから織部黒茶碗『はたかけ』の写しを頼まれたそうです」

樋渡開花堂。

またその名前が出てきた。野田佐輔が焼いた幻の利休の茶碗、翡翠楽「大海原」を一億円でつかまされて傾いたという古美術店。

獺の店主の演説が続く。

「『はたかけ』は、先代が決して手放すなと言い遺した形見の茶碗でした。渋々家業を継いだ放蕩息子の元に、ある日、『はたかけ』を譲って欲しいという話が舞い込んだ。だが、親父の遺言には逆らえない。そこで贋物を作らせ、本物だと偽って売りつけた。あれ以来、嵐山堂さんは、贋物の味をしめ、そちらに力を入れられているというもっぱらの噂で」

二十年前、嵐山堂が樋渡開花堂に作らせた「はたかけ」の贋物。

ひょっとして、それを作ったのが野田さんだったのではと慶太は思い当たる。多分、いや、きっと。初めて写したんじゃない。だから、こんなに……。

目の前に並ぶ四つの「はたかけ」の出来映えを見て、確信する。「ゆきどけ」とも「大海原」とも違う野田佐輔の新境地。二十年前の「はたかけ」を作った手がつかみ直した織部の歪み……。

嵐山堂の贋物ビジネスが「はたかけ」から道筋がついたとしたら、慶太は野田佐輔と思わぬところでつながっていたことになる。

「権力者というのは、人気者の力を利用したがると同時に怖れます。秀吉は利休を死に追いやりましたが、家康は武将たちの人気を博した織部の茶碗に危うさを覚えました。反体制のかぶき者の影響も感じられる異端の茶碗に反逆を感じ、天下統一の邪魔だと思ったのでしょう。それでも織部は揺るがなかった。権力に屈することなく、己の信じる美を追い求めた。茶の湯の師である利休の教えを愚直に守り貫いた。最後には家康に自害を命じられてしまいますが」

「あんた、何が言いたいんや？」

社長が苛立って割り込むと、獺の店主は質問で返した。

「才能のある者が力のある者に利用されてつぶされるのは、世の常なのでしょうか」

その言葉が、野田佐輔に向けられているように聞こえた。

そして、慶太自身に。

野田佐輔が陶芸を教えている公民館を訪ねた日のことが蘇る。

番組の取材で作品を生で見て、本人に会う機会もあり、野田佐輔を知れば知るほど、慶太は自分が追い求めていた宝石がイミテーションに思えてならなくなっていた。

野田佐輔は粘土を汚いと思ったことなど一度もないのだろう。粘土の声を聞いて、粘土がなりたい形に導ける手をしているのだろう。

その手を見たいと思った。

会いに行くと、あからさまに警戒された。王子キャラで図々しく懐に飛び込んで、粘土をまとめるのを手伝わせてもらった。

すぐ隣で粘土の音を響かせ合っていると、手の届かない高みにいると思われた大先輩が、自分と同じ地平にいる同志のように感じられた。もしかしたらこの人も足掻《あが》いているんじゃないだろうかと思った。

「昔は、きれいな手ぇしとったのにな……」

野田佐輔は自分の手を見てそう言い、慶太の手を見てこう言った。

「まだまだきれいやな」

きれいと言われたのに、本当はそうじゃないと言い当てられたような気がした。

野田さんは知っていたのだろうか。ぼくが嵐山堂の贋物ビジネスに手を貸していることを……。

「もう汚れています」

あのとき、そう口にして、初めて気づいた。まだ引き返せるのなら引き返したいと願っていることに。

疑問に思ってなかったわけじゃない。ただ、やり過ごしていただけなんだ。こっちの道じゃなかったけど、今さらどこにも行けないって。

でも、ぼくは、ぼくをこれ以上裏切りたくない……。

膝の上に置いた拳をぎゅっと固める。

どこかで引き返すのなら、今がそのときなのかもしれない。

若主人　嵐山直矢

「ではここで、京都嵐山堂さんが国の委託を受けて運営されている国立古美術修復センターのご紹介をビデオにまとめましたので、どうぞ」

ＣＭ休憩の間に幾分持ち直した司会の女の子のアナウンスで、生中継は古美術修復センターの紹介ビデオに切り替わった。予定ではもう少し後に流す予定だったが、生中継の収拾がつかないので、時間稼ぎをしているのだろう。

広間に置かれたモニター画面にも同じものが流れる。番組にとっても嵐山にとっても助け舟だ。どこからか現れたドジョウに因縁をつけられ、無下にするわけにもいかず、難儀していた。

古美術修復センター前に立つ室長の遠野が映った。ゴマをすらせたら日本一の男の口がパクパク動いている。

だが、声が違う。別人に吹き替えられている。

「この国立古美術修復センターの裏の顔、それが贋物製造所なんです。国民の税金を使って、日本の古美術の価値を貶める贋物作りと贋作師の育成をさせてもろてます。国会議員の先生の後ろ盾もバッチリ」

紹介ビデオが暴露ビデオになっていた。

助け舟やと思《おも》たら、とんだ泥舟やないか。

祇園のクラブ「社長室」で衆議院議員の野島竜樹と文化庁の文化財部長を接待したときの記念写真が映し出された。赤ら顔の野島と文化庁がホステスに抱きつき、頬を寄せるのを嵐山と億野がはやしている。

接待漬けズブズブの証拠写真。こんなもん、誰が出したんや。

「何やこれ！　アカンアカン、これアカン！」

野島が叫ぶ。

「V違う！　止めろ！」

ディレクターも叫ぶ。

あかん、あかんで、このビデオは。

そう思いつつ、嵐山は、どこか遠い世界の出来事のように暴露ビデオが流れるモニター画面を見ている。

頭の中は、別なことを考えていた。

さっきのドジョウのドヤ顔……。

「どれも本物に見える。この作者の腕は本物だということですね」

ここに出ている「はたかけ」の贋物を奴が作らせたんやろか。そうやとしたら、作者は、同じ穴の狢コンビの野田佐輔か。

ようでけてるやないか、この「はたかけ」。さすが僕の見込んだ腕や。ドジョウもまあそれなりの目利きやいうことになる。

正直、「大海原」を見て、感心した。道具市で初めて買《こ》うた海の絵を見たときみたいに惹きつけられた。

せやから、あの手が欲しいと思った。野田佐輔を手に入れるために、番組で貶めた。

そうか。あいつら狢コンビの目的は仕返しか。

僕にテレビで恥かかされたから、テレビで仕返しするつもりなんか。こんな暴露ビデオこしらえて、ご苦労なこっちゃ……。

ビデオの再生が終わり、カメラが生中継に戻った。

「これってドッキリですよね？　ね？　ね？」

かわいそうに。司会の女の子は完全に壊れてしまっている。

映すものに困ってカメラを彷徨《さまよ》わせるカメラマンに、ディレクターの内村が「お点前写せ！」と書き殴ったフリップを掲げた。

サユリは落ち着き払っている。他の奴らは腰浮いてるというのに、まったく動じてない。大したもんや。

店で会うときはいつもドレス姿で、和装のサユリを見るのは初めてだ。なのに、既視感があった。母の着物姿だ。お点前をする姿が、思い出の母に重なった。母が茶を点てているようだった。

そや。ここは茶席や。

戦国武将らも、戦《いくさ》の合間に一服して、気持ちを整えた。生々しい首斬り腹切りをしばし忘れて、平常心を取り戻した。

その茶席に諍《いさか》いを持ち込むとは、不粋なことしてくれるやないか。

「あんた、嘘つきも立派な詐欺罪でっせ」

と釘を差してやると、ドジョウは涼しい顔で言った。

「後ろめたいことがないのに、随分汗をかいてらっしゃる」

「えらい恨まれたもんや。樋渡開花堂の次は、うっとこをつぶす気でっか」

すると、ドジョウはますます芝居がかって演説をぶった。

「あなたは先代から継いだ立派な看板に泥を塗った。看板だけじゃない、先代の想いも踏みにじった」

融通のきかない頭の固い番頭と同じようなことを言う。僕に説教する気か。

やっぱりこの男は好かん。

「踏みにじった……踏みにじった……踏みにじったんだよ」

ドジョウがなぜか襖のほうを向いて繰り返す。

そんな踏みにじった踏みにじったて何遍も言わんかて。

「あんたは関係ないやろ！」

「それが、あるんですよ。私が見込んだ作家が昔こしらえた写しが、罪作りでしてね。写しの出来が良くて、本物として通用してしまった。それで嵐山堂さんは贋物の蜜の味を知ってしまった」

そうか。二十年前のあの「はたかけ」のコピーをこしらえたんも野田佐輔やったんか……。

合点が行った。「大海原」を見て、あの手を欲しいと思った。僕の目はやっぱり間違《まちご》うてなかったやないか。

あのときかて、僕は間違うてなかった。

島崎君に借りた傘に描いたクジラ。電話を寄越した島崎君の家の人は、ほんまはお礼を伝えようとしていた。島崎君は傘に書かれた心ない落書きに気づいていた。傷ついてもいた。それをクジラに化けさせてくれてありがとうと。

それやのに親父は、話を最後まで聞かんと、僕を嘘つき呼ばわりした。いっつもそうや。ずっとそうや。みんなそうや。誰も僕の話を聞いてくれへん。

クジラの絵を島崎君に喜んでもらえたのがうれしくて、もっとうまくなりたいと思った。いろんな色のクジラを描くようになった。クジラが泳ぐ海の絵を描くようになった。親父にとってはつまらんことでも、僕にとっては大事なことやった。僕の自由は、自分の描いた海の中にあった。

目障りな親父の形見の茶碗は、島崎君の傘にあった落書きみたいなもんやったんかもしらん。その茶碗の贋物をこしらえたんは、落書きをマジックで塗りつぶすみたいなことやったんかもしらん。

落書きを黒く塗りつぶしてるうちにクジラになったみたいに、他の贋物もこしらえるようになって、そのうち古美術修復センターができて、どんどん大きくなって……。

けど、そんなに悪いことなんか？　みんな喜んでくれてはるやないか。粗悪品をつかませてるわけやない。本物より状態もええから長持ちする。人材育成もしてる。

親父が何でも正しくて、僕がやることは何でも間違うてる。ほんまにそうか？　親父が外でええ顔してこしらえた借金、誰が返したと思《おも》てんのや。

「嵐山堂さんは、ついには国の予算を獲得し、国立古美術修復センターという贋物ビジネスの拠点を築かれるに至った。大した手腕です」

「作り話や。皆さん、これ全部作り話です。ペテン師の言うことを信じたらあきまへん」

ドジョウのつけた火を躍起になって消していると、

「ほっときなはれ。根も葉もない話や」と億野が余裕ぶってたしなめる。

そうや。ほっといたらええ。ぐらぐらしたらこっちの値打ちが落ちる。

「証拠ならあります。たっぷり聞かせていただきました。耳元で」

思わぬところから声がした。

お点前のサユリの声……。一同の視線がサユリに集まる。

「何言い出すねんサユリ？」

サユリがこっちを見た。

サユリ、どないしたんや？　目ぇが怖いで。

「本名は志野と申します。橘正志の娘です」

生まれも育ちも東京のはずのサユリが、完璧な京言葉のアクセントで名乗った。

「橘!?　誰やそれ？」

心当たりはあるが、もちろんとぼける。

「二十年前、あなたに嵐山堂を追い出された番頭です」

「知らんがな。ほんま、この手のイチャモンは有名税みたいなもんですよって」

しどろもどろに言い逃れていると、後ろの襖がさっと開け放たれた。

見ると、杖をついて仁王立ちした袴姿の老人が嵐山を睨みつけている。

「お、お、親父……」

いつもの悪夢ではなく、本人が目の前に立っていた。

生霊《いきりょう》になって、「嘘つきは泥棒の始まり」て言いに来たんか？

返事はなく、唇を結んでいる。元々怖い顔が、もっと怒っている。

親父、ちゃうねん。僕はただ、クジラ泳がせたかっただけやねん……。

と、なぜか先代が鼻の頭をかいた。その鼻がぐにゃりと曲がった。

「は、鼻歪《いが》んだ！」

嵐山を震え上がらせる低くしわがれた声とはまるで違う、間の抜けた声。

誰やこいつ？

「まだ柔らかいんや！」

若い男が叫び、あわてて襖が閉められた。

今のは一体何やったんやと嵐山は亡き父との白昼夢のような対面を混乱した頭で振り返る。紛《まが》い物《もん》の鼻。紛い物の顔。紛い物の親父……。

「この世に完璧なものなどありません」

醜態に乗じるかのように、ドジョウが演説を続ける。

「そもそも、先代は、あなたに、完璧な人間であることを求めていたでしょうか。少々出来が悪くても、そのままのあなたを認めていたのではないでしょうか」

何の真似やと口を挟むと、ドジョウが正客の茶碗を手に取った。

「『はたかけ』を『はしかけ』と呼ぶ説もあるそうです。利休亡き後、天下一の茶人に上り詰めたものの、徳川から謀反の疑いをかけられ、自害を迫られた織部は、この不完全な茶碗で、弟子の光悦に、そして、その先の時代に橋をかけようとした……」

はしかけ……。

聞いたことがある。

嵐山の記憶の底から、父の最期が浮かび上がる。

「はしかけ……」

病で痩せ細った体から言葉を絞り出してから、父は続けた。

「この茶碗の値打ちがわかるまでは……手放したら……あかん」

意識が混濁して「はたかけ」を「はしかけ」と言い間違えたのやと、あのときは思った。

親父……。「はしかけ」で合《お》うてたんか？

「聞こえませんか。嵐山堂を頼むという先代の声が？　歪んでいても、キズがついていても、それゆえに愛おしい。そんな息子への想いを、不器用な先代は、形見の茶碗に託した。あなたが手放してはならなかったのは、あの器に出来の悪い息子を見ていた先代の親心ではないでしょうか」

親父、そうやったんか？

そない思《おも》てたならそうと、言うてくれたらええのに。疵物《きずもん》の茶碗預けられたかて、わからんやん。今頃言われたかて、遅いやん。死んでから後出しジャンケンずるいで。

しかも、なんでウソつきのドジョウに教えられなあかんのや。

「気色悪《きしょくわる》……親父の贋物こしらえよって」

「見てくれは贋物でも、お父様のお気持ちは本物です」

ドジョウがそう言うと、お運びの一人が飛び出して、言った。

「茶碗も本物や！」

なんでお運びがそないなこと言うんやと思ったら、

「康子！」

野田佐輔が柱の陰から飛び出した。

こいつのカミさんか。なんでこいつのカミさんがお運びやってるんや。

「野田さん！」と王子が腰を浮かせる。

なんでこいつは、うれしそうにしてるんや。

「青山さん、何ですかこれ！　青山さんが変な人連れてきたせいで、番組メチャクチャですよ！　どうしてくれるんですか！　責任取れませんよ俺！」

ディレクターの内村が詰め寄っているのは、「あなたのお宝見せてぇな」の番組プロデューサーやった青山やないか。なんであいつがここにおるんや？

そうか、ドジョウと青山が組んだんか。こいつらグルか。

「お前ら、テレビ使《つこ》て俺をはめようとしたんか！　茶番はしまいや！　これテレビ詐欺やで！　損害賠償もんや！」

「弁護士の先生に連絡や！」

と億野が言い、番頭が外に飛び出そうとしたそのとき、

「ちゃ、ちゃ……茶番も詐欺もあんたらや！」

王子が素っ頓狂な声を上げた。

固めた拳と声を震わせながら、続ける。

「最初は知らなかった……ぼくの作った写しが……本物として売られてるて……」

牧野慶太は真似するのは得意やけど、自由に作らせると手が止まる。最初に見せてくれた青磁の器は良かった。ハワイの海を思わせるエメラルドがかった青が美しかった。こいつはものになると思ったが、あれを超えることはなかった。

贋作師としては天才やけど、アーティストとして抜きん出るには何かが足り

ん。京都まで連れて来てしもて、見込み違いやったて追い返すわけにもいかへん。そやから、こいつに美しいもんを生み出させるんやのうて、こいつが持ってる美しさを売り出したろと思った。

その読みが当たり、「陶芸王子」は順調に売れている。最近ドラマや映画にも声がかかるようになって、演技の勉強を始めさせた。何度か稽古を見せてもらって、上滑りで借り物《もん》みたいな芝居やなと思っていたが、今の芝居は熱がこもっている。

名演技やないか。みんな王子に釘づけや。

「大した実力もないのに、顔と名前だけ一人歩きして……ぼくも、嵐山堂が手がけた贋物です」

何を言うてんねや。あんたは本物の王子や。僕が育てた、ほんまもんの陶芸王子やないか。

嵐山堂はな、ほんまもんしか相手にしいひんねや。

五

鶯《うぐいす》

番頭の娘　橘志野

「皆さんのおかげで父の無念を晴らせました。本当にありがとうございました」

志野は深々と頭を下げ、隣に突っ立っている晴人《はるひと》の頭を下げさせた。

「このお茶碗は皆さんで」

嵐山堂からせしめた「はたかけ」を道具屋に差し出すと、

「最初から、人助けのつもりでしたから」

彼ならそう言うと思っていた。それでも純真を装って、

「受け取ったら、父に叱られます」

しおらしく告げると、道具屋は、ようやく受け取る気になった。

「いただきました。幻の織部の茶碗！」

道具屋は受け取った戦利品を高く掲げ、共にひと芝居打った一同に見せた。堺の居酒屋「土竜《もぐら》」。貸し切りの店内から歓声が上がり、「はたかけ」を納めた織部の箱が一同の手から手へ渡り、その重みを伝えて、ひと巡りした。リハーサルとは違うハプニングもあったけれど、結果オーライ、大成功。互いの役割をほめ合い、照れ合い、労《ねぎら》い合う。文化祭の打ち上げのような高揚感があった。

酒が入り、特上の寿司が回され、酔い乱れ、酔いつぶれた男女が畳の床に点々と転がって寝息を立てた。

夜が明けきらないうちから始まった長い一日に疲れ、深い眠りに落ちた一同の間を抜けて、晴人と店を出た。

くすねた「はたかけ」を抱えて。

すべて段取り通りだった。うまく行き過ぎているくらいに。

まさか泳がされていただけだったとは。

「お宝を独り占めして、高飛びですか。お父様に叱られますよ」

道具屋は埠頭で待ち受けていた。大阪の南港から船で発つことを、道具屋の娘が晴人から聞き出していたらしい。

店から立ち去る間際、彼が眠っていることをちゃんと確かめたのに。ひときわ大きな寝息を立てていたのは、どうやら狸寝入りだったみたい。

目の前には、志野と晴人が乗り込む客船がそびえ立つように停泊していた。タラップまでわずか数十歩のところで足止めを食らった。

「さすがね」

箱入りの「はたかけ」を納めた風呂敷包みを鞄から取り出し、差し出すと、道具屋が風呂敷の持ち手をつかんだ。

底を支えていた手を離し、持ち手をつかむ道具屋の手にそっと重ねる。

道具屋の一瞬の強ばりが、手に伝わった。

「わたしと組まない？」

耳元に口を近づけて囁くと、道具屋の目が短く瞬いた。

そう持ちかけられることを期待していたのか、思いがけない提案だけど、それも悪くないと思ったのか。

そのとき、柱の陰からこちらを見ている人影に気づいた。

「……と思ったけど、お迎えが来たみたいね」

そう告げると、道具屋も目をやり、陶芸家に気づいた。彼が来ることを知らなかった様子だ。

道具屋の手に重ねた手をそっと離し、風呂敷の持ち手をつかんだ。二人で風呂敷包みを持つ格好になる。

「これくらいもらったって、バチは当たんないでしょ？」

性悪ジュリエットを気取って言うと、道具屋は悪あがきすることなく、風呂敷の持ち手から手を離し、穏やかに微笑んだ。

「きっと、いい値段がつきますよ」

「餞別が高くついたわね」

悪女の微笑みを返し、晴人の手を引いてタラップへ向かった。

見送る道具屋の視線に名残がまじっているとしたら、その未練は、どちらに向けられているのだろう。取り損ねた茶碗か、口説き損ねた女か。

出航を告げる汽笛が鳴り、客船がゆっくりと岸を離れた。

さよなら。ちょっと父に似た、不器用なあなた。道具を見る目はあるけど、人を見る目は頼りない、お人好しすぎるあなた。

デッキのテーブルで晴人と乾杯をした。シャンパングラスとジュースグラスが小気味良い音を立てる。ひと口飲むと、喉に小さな泡が弾けた。

戦利品の茶碗の風呂敷包みをほどき、現れた桐箱を見て、勝利の笑みが消えた。

「ニセモンやったん？」

ジュースをストローで吸い上げながら、晴人が聞いた。

箱から茶碗を取り出し、眺めたが、どこから見ても本物ではなかった。陶芸家が作った写しのほうだ。

やられた……。

わたしが本物を持ち逃げすることを見越して、先にすり替えておいたってわけね。小悪党二人をたぶらかして利用してやるつもりだったのに、踊らされていたのは、わたしのほうだったなんて……。

番頭の娘の正体ばかりか、魂胆までも見抜かれていた。出し抜くつもりが、出し抜かれた。道具屋のほうが一枚上手《うわて》だった。

すり替えられていたことも知らず、悪女気取りでカッコつけて立ち去って、祝杯なんて上げて。なんというマヌケ。

「ええやん。オレと志野かてニセモンの親子やし」

オレンジジュースをぐんぐん吸い上げながら、晴人が言った。

志野は晴人を生んでいない。出会ったのは半年前。志野の部屋に転がり込んだ男が連れて来た。しばらくして男は出て行ったが、晴人を置いて行った。あの子どうすんのと聞いたら、頼むわと一言で片づけられた。

男との婚姻届が受理されていれば、志野と晴人は親子になっていたはずだが、そんな話が出る前のことだった。たとえ受理されていたとしても、書類一枚のことだが、今の志野と晴人は法的には他人だ。晴人はまだ父親の戸籍に入っている。

「せやな。うちらにはニセモンが似合うかもな」

茶碗を箱に戻しながら、自嘲気味に言った。

「けど、本物かどうかは、オレらが決めたらええんとちゃう？」

何気ない晴人の言葉に、はっとした。ジュースの続きを吸い上げ、グラスを干そうとしている晴人を見た。

この子を愛しいと思う気持ちに嘘はない。血がつながっていなくても、名字が違っても、親子になればいい。

幻の織部の茶碗ではない、名もなき現代作家の茶碗を、お宝にしたらいい。自分たちにとっての本物、真実を決めるのは、自分たちだ。

「次、どこでかせぐん？」と晴人が聞いた。

「どこが儲かるやろな」

「どこでもええで。お母ちゃんがおるとこやったら」

お母ちゃん。

誰かにそんな風に呼ばれる日が来るなんて、思ってもみなかった。わたしが欲しかったんは、こういうことやったんとちゃうやろか。手に余る大きいもんやなくて、ちっこくて、ささやかで、写しなんかでは再現できない、たったひとつの存在。

明日の天気が晴れて欲しいか降って欲しいか、コンビニの棚に並ぶお菓子のどれを買うか、小さな意志のひとつひとつに晴人がいる。

晴人。
口にするたび、胸がほんのりあったかくなる。
値段のつく銘より、この名前を呼びたい。
晴人。晴人。晴人。
「今度はうまくやろな」
そう言って、晴人のやわらかな髪をくしゃくしゃっとした。
波を割って船が進む。
橘志野として生きる、次の町に向かって。

茶碗焼きの妻　野田康子

「奥さん、このおいなりさんおいしいわぁ。止まらんわぁ。そぼろ入ってるねんな」

ギャラリーのオーナーが、おいなりさんを口に入れたまま言った。

なんぼでもどうぞーと愛想を振りまきながら、ほんまこの二枚舌は信用ならんわと康子は呆れる。

今のも漏れてたやろか。まあええわ別に漏れてても。

オーナーは、二個目のいなりを口に突っ込んでいる。うちの人の個展を打ち切りにして、「危機管理も作家の仕事」言うてた口。その口が、

「またうっとこで個展やってください」

舌の根も乾かんうちに、すり寄ってきた。

嵐山堂のお茶会の噂をどっからか聞きつけたらしい。テレビに出ている鑑定家の億野万蔵の目を惑わせた茶碗を野田佐輔が焼いた、いうて。

噂いうんは、本人の知らんとこで勝手に歩き回るからかなわんなあ。今回はええほうに転がったから良かったけど。

「野田は今、個展の引き合いがようけ来てまして」

もったいぶって、渋ってみたら、

「うっとこの取り分、五割もらうとこを四割でどないでしょ？」

言うてみるもんや。もうひと声、三割にまけさせたった。

久しぶりにおいなりさんをこしらえた。パート先の肉屋でもろてきた挽肉を甘辛く煮たそぼろが入っている。おいなりさん作るんが好きなんも、ハンバーグこねるんが好きなんと同じ理由やろか。

おいなりさんがぎょうさん並ぶと、学生の頃、うちの人とお猪口やらぐい飲みやらこしらえたんを思い出す。

同じようなんがちょこちょこいっぱい並ぶんが好きなんやな。雑貨屋さん向きなんやろと思う。けど、雑貨は工場で大量生産できる。一点ものをじっくり作るタイプとは違う。私は陶芸家にはなられへん。

私はうちの人がお茶碗焼いてるんが好きやねん。

個展を手伝うんも好き。私には作れんもんをうちの人が作る。けど、うちの人は売り込むのが下手やから、私が売り込んだる。

割れ鍋に綴じ蓋、いうんやっけ。どっちが鍋でどっちが蓋やろ。どっちでもええわ。

うちの人が並べている茶碗に目をやる。

口縁が歪んだ茶碗。銀繕いを施した茶碗。新作には、あの幻の織部の茶碗の影響が見られる。

「嵐山堂にあった本物の『はたかけ』と、おれが作った写し、見分けがつかんかったんや。すごいやろ？」

うちの人が得意になっとったから、教えたった。

「本物は茶会に出てへん。全部あんたが作った写しや」

「なんで知ってるん？」

「うち、あの場におったやん」

茶会に紛れ込んだのは、カワウソさんの計らいや。

「ダンナさんの一世一代の大勝負、ナマで見たいでしょう？」

おいなりさん事件以来、連絡を取り合っていないのを気にかけてくれていたらしい。

お茶の心得はありますかと聞かれて、一応と答えた。

肉屋の奥さんが「お茶やってると、器見る目が肥えるで」言うて手ほどきしてくれたんが、役に立つ日が来た。

「茶会にお点前さんをこちらから送り込むんですが、お点前さんと同じ先生にお茶を習った社中《しゃちゅう》を一人連れて行くということで話を通しておきます」

そのお点前さんいうのが、シュッとしたおいなりさんを作ってきた、あのシノとかいうきれいな人やった。白い着物がよう似合《にお》てた。

二度と顔も見たないと思《おも》てたけど、茶会本番前の水屋は、それどころやなかった。

お茶碗の差し替えを急に告げられて、嵐山堂の茶道スタッフがムチャやムリやて騒ぎ立て、てんやわんやになっとった。

「どういうこと？　全部同じお茶碗やん！」

差し替えの茶碗を桐箱から出した茶道チーフが悲鳴みたいな声を上げた。

最初に出す茶碗から四番目に出す茶碗まで、全部「はたかけ」。

「気まぐれにもほどがあるわ！」

「ほんま若主人の考えることはようわからんわ！」

茶道スタッフがぎゃあぎゃあ言うてるすきに、「土竜」のマスターが本物の「はたかけ」をちゃっちゃとくすねて籠に隠した。

せやから、茶会に出た「はたかけ」は、全部うちの人がこしらえた写しや。

そらどれが本物か見分けがつかんはずや。

あのお点前さんのお父さん、嵐山堂に昔おった番頭さんやったんやて。

何の苦労もなさそうなつるんとしたきれいな顔してはるけど、あの人かて泥なめてきはったんやな。

うちの人に織部の茶碗を焼かせたんがあの美人やと思《おも》たら悔しかったけど、

「お前が焼かせてくれたんや」てうちの人が言うてくれたから、まあええわ。

そういうことにしとこ。

あのべっぴんさん、ちゃんと、うちらに橋かけてくれたやん。

「ちょっと、テレビよろしいですか？」

うちの人がオーナーに聞いた。五時のＮＨＫニュースを見てくれとカワウソから連絡があったんやと言う。

二人してギャラリーの階段を下りて、一階にある事務室のテレビをつけた。

うちの人のこしらえた「大海原」を「大嘘ボラ」とこき下ろされたのを、このテレビで見た。

思えば、あれが始まりやった。「あなたのお宝見せてぇな」。あの番組を見て、橘志野いう人はカワウソさんに近づいて、うちの人が巻き込まれた。あの番組のせいで、うちの人は個展を打ち切りにされたけど、またこないして個展やらせてもらえてる。

結果オーライ、プラマイゼロ。ううん、プラスや。大商いや。嵐山堂にあった「はたかけ」をせしめた。

その「はたかけ」がテレビに映った。アナウンサーの声がかぶさる。

「京都嵐山堂で幻の織部の茶碗が見つかり、京都市内の美術館に寄贈されることになりました」

え？　織部の茶碗を寄贈て、どういうこと？

「嵐山堂に返したんやて」

うちの人が横から言った。

「なんで？」

「どうせ歪むんやったら、美しく歪みたいねんて」

はあ？　何それ？

「茶碗を差し出すんがええか、茶会で流したあの暴露ビデオをネットにばらまくんがええかて、カワウソが二択で嵐山堂に迫ったらしいわ」

「あんた、さんざん茶碗焼いて、タダ働き？　それでええん？」

「あいつの口とおれの腕があったら、なんぼでも金儲けできるて言われた」

あんたが口車に乗せられて、どないするん？

「幻の織部の茶碗を埋もれさせておくんはもったいない、いうことで、京都嵐山堂より寄贈させていただきます」

テレビの中で、嵐山堂の色男社長がガチガチに顔をひきつらせ、噛み噛みで言う。ほんまは手放したくないのんが見え見えや。そらそうや。国宝級のお宝や。お金に換えたら億行くで。

言うとくけど、その茶碗、ほんまは、うちらがもろてるはずやったんやから。

嵐山堂の社長を肘でつついて、億野万蔵がボソボソなんか言うてる。「嘘でもええ顔しときなはれ」とかなんとか言うてるんとちゃうやろか。

「織部の生きた時代と私たちが生きる今に、橋をかけていただき、ありがとうございます！」

学芸員さんやろか、丸顔に眼鏡をかけた男が、自分がもろたみたいにうれしそうに言う。

茶会のときはじっくり見られへんかった「はたかけ」が、テレビに大写しになる。

ふうん。これが国宝級の本家本元の織部の茶碗なん？

うちの人がこしらえたやつのほうがええやん。

道具屋の娘　大原いまり

あの人が考えることは、やっぱりよくわからない。

店の前を掃く父親の背中を見ながら、いまりは思う。

不穏なカードが続いた後、光が射すように「太陽」のカードが出た。橘志野と駆け落ちでもするのではと思ったけど、船着き場まで追いかけて、ふられたらしい。

「美人は三日で飽きるけど、あいつと茶碗見てるほうが面白い」と強がっている。

あいつというのは、茶碗焼きの佐輔さんのこと。いまりと結婚式を挙げた誠ちゃんのお父さん。佐輔さんを焚きつけるとき、あの人はシャンとする。

佐輔さんに茶碗を焼いてもらって、ニセモノのテレビ番組をでっち上げて、大騒ぎして本物の織部の茶碗をせしめたのに、あの人は嵐山堂に返してしまった。

カッコつけてるのか、バカなのか、理解できない。

「どうせなら美しく歪みたいじゃないか」

そういうキレイごとは家賃を入れてから言って欲しい。

しばらく脛をかじられそうだけど、それも悪くないかなと思い始めている。

あの人が焼肉食べ放題の店で高校生みたいにモリモリお代わりするのも、シャワーを浴びながら大声で歌うのも、いちいち気にならなくなった。慣れってておそろしい。

「あの人とうまくやってんの？」

久しぶりに連絡してきた母親に聞かれて、まあねと答えた。母親と暮らすより、あの人と暮らすほうがラクかもしれない。今は。

母親から「少し前に会っていた人」の話を聞いた。

マルコというイタリア人で、あの人と昔からの腐れ縁だったとつき合ってからわかったらしい。その彼が、イタリア語なまりが抜けないヘタクソな日本語で、あの人を褒めちぎったという。

「ノリオは初めて会ったときからガイジン扱いしなかった。フツーだった。ノリオには本質を見る力があるって。あの人、外ウケはいいのかもね」

外ウケがいいのはお母さんのほうでしょと電話の向こうの母親に言いたかったけれど、黙って聞いておいた。

あの人に古美術を見る目があるのか、人を見る目があるのか、いまだにわからない。運に恵まれていないのか、自分から手放しているだけなのかも。

あの人の美学も、よくわからない。でも、あの人は、あの人にしかわからない本物を探し続けているんじゃないかと最近思うようになった。

あの人が昔見つけた、ピンクのイルカみたいに。

一緒に暮らしていた頃、いまりが描いたピンクのイルカを見て、あの人が「イルカはピンクじゃないだろ」と言い、その日からいまりは絵を描かなくなったらしい。自分ではよく覚えていない。そんなことあったっけという感じだ。

保育園の遠足で水族館に行ったらしいから、そのときに見たイルカショーを絵に描いたのだろう。

なぜイルカをピンクに塗ったのか。

深い意味はなかったんじゃないかと思う。イルカっぽい色のクレヨンがすり減っていて、ピンクのクレヨンが余っていたとか。

「ピンクはおんなのこのいろだから」

そう言って、まわりの女の子たちが競い合うように洋服や花をピンクに塗るのを見て、わざと違う色のクレヨンを手に取るような、ひねくれた子だったのは覚えている。

ピンクのイルカにそんなに思い入れがあったわけじゃないとしたら、イルカはピンクじゃないだろと言われたところで、どうってことない。

いまりにとっては、かすり傷にもならないような出来事だった。

でも、あの人はずっと引きずっていた。取り返しのつかないことをしてしまったと。ある日、ピンクのイルカの写真集をどこかで見つけて、買って帰った。娘の描いたイルカはウソじゃなかった。本当にいたんだと。

不器用でお人好しな父親なりのごめんなさいだったのだろう。その記憶もなんとなくしか残っていないが、写真集は今も持っている。

表紙が破けて角が折れてボロボロになっているけれど、眠れない夜に抱いていると、なぜか落ち着く。

あの人からもらったもので今も持っているものといえば、それくらい。あとは、ちょっとめんどくさいこの性格と、伊万里焼にあやかったというこの名前と、もうひとつ、あの約束。

月に一度からどんどん間隔が延びていった「お父さんの日」。別れ際にいつもあの人は言った。

「いまり、いつかピンクのイルカ見に行こう」

その約束は果たされていない。あの人は口先だけなんだからと母親は言うけれど、約束を忘れたとは限らない。

叶えるチャンスを遠ざけてきたのは、いまりのほうだ。

あんたになんか何も期待していないというポーズを取ってきた。期待して裏切られるのが怖いから。

あの人も、そうなのだろうか。

約束を引き延ばした分、「今さら何？」と言われるのを怖れているのかもしれない。拒絶されてしまったら、約束は無効になってしまう。だから、先延ばしにして、宙ぶらりんにしておく。

店の前で箒を掃く手を止めているあの人に、声をかけた。

「いいことあるよ。いつか」

「占いがそう言っているのか？」

「娘が言ってる」

あの人がふっと笑った。やわらかな視線が照れくさくなって目をそらし、梅の梢に目をやった。

薄桃色の小さな蕾がほころんでいる。写真集の海を泳いでいるピンクのイルカみたいな色。

「いつかって言い続けていても、その日は永遠に来ないの」

いまりに占いを教えてくれたピアノの先生は言った。

「いつかの呪いを解くおまじないを教えてあげる。『いつか』の『か』を後ろにずらすの。それだけ」

いつピンクのイルカを見に行こうか。
そう言ったら、あの人はどんな顔をするだろう。
春を告げる鳥がどこかで鳴いている。

本書は映画『嘘八百　京町ロワイヤル』（脚本／今井雅子　足立紳）を小説化したものです。

著者プロフィール

今井雅子（いまい　まさこ）
大阪府堺市出身。脚本家。テレビ作品では連続テレビ小説「てっぱん」、「おじゃる丸スペシャル　銀河がマロを呼んでいる」、「天使とジャンプ」、「昔話法廷」、「恐竜超世界」（以上ＮＨＫ）などヒット作品を手がける。映画では『パコダテ人』（01）、『風の絨毯』（02）、『子ぎつねヘレン』（05）、『天使の卵』（06）、『ぼくとママの黄色い自転車』（09）などを担当。絵本『わにのだんす』（エンブックス）、小説『ブレストガール！』（文芸社）、『産婆《さんばば》フジヤン』（産業編集センター）、『来れば？　ねこ占い屋』（小学館）などの執筆も。前作『嘘八百』に続き、続編『嘘八百　京町ロワイヤル』の脚本（足立紳と共同執筆）と小説版を手がける。

監修・協力

小川絵美（古美術商　宮帯）
田波有希（占い師・染色作家）
檀上尚亮（kamakura山陶芸工房）
矢内一磨（日本文化史家）

特別協力

大野裕之　セパンタ・ハギギ

嘘八百　京町ロワイヤル

2019年10月30日　第1刷

著者　今井雅子

企画監修　佐藤 現

カバーデザイン　印南貴行（ＭＡＲＵＣ）　常盤美衣（ＭＡＲＵＣ）
ＤＴＰ・校正　アーティザンカンパニー

編集　坂口亮太　志摩俊太朗

発行人　井上 肇
発行所　株式会社パルコ　エンタテインメント事業部
〒150-0042東京都渋谷区宇田川町15-1
電話03-3477-5755
印刷・製本　シナノ書籍印刷株式会社

ISBN978-4-86506-321-9 C0095

Printed in Japan